T0245523

ANIMALIA

Animalia

cuentos de Julio Cortázar

SELECCIÓN DE AURORA BERNÁRDEZ
ILUSTRACIONES DE ISOL

ALFAGUARA

Papel certificado por el Forest Stewardship Council®

Primera edición: noviembre de 2022

AXOLOTL

Hubo un tiempo en que yo pensaba mucho en los axolotl. Iba a verlos al acuario del Jardin des Plantes y me quedaba horas mirándolos, observando su inmovilidad, sus oscuros movimientos. Ahora soy un axolotl.

El azar me llevó hasta ellos una mañana de primavera en que París abría su cola de pavo real después de la lenta invernada. Bajé por el bulevar de Port-Royal, tomé St. Marcel y L'Hôpital, vi los verdes entre tanto gris y me acordé de los leones. Era amigo de los leones y las panteras, pero nunca había entrado en el húmedo y oscuro edificio de los acuarios. Dejé mi bicicleta contra las rejas y fui a ver los tulipanes. Los leones estaban feos y tristes y mi pantera dormía. Opté por los acuarios, soslayé peces vulgares hasta dar inesperadamente con los axolotl. Me quedé una hora mirándolos y salí, incapaz de otra cosa.

En la biblioteca Sainte-Geneviève consulté un diccionario y supe que los axolotl son formas larvales, provistas de branquias, de una especie de batracios del género amblistoma. Que eran mexicanos lo sabía ya por ellos mismos, por sus pequeños rostros rosados aztecas y el cartel en lo alto del acuario. Leí que se han encontrado ejemplares en África capaces de vivir en tierra durante los periodos de sequía, y que continúan su vida en el agua al llegar la estación de las lluvias. Encontré su nombre español, ajolote, la mención de que son comestibles y que su aceite se usaba (se diría que no se usa más) como el de hígado de bacalao.

No quise consultar obras especializadas, pero volví al día siguiente al Jardin des Plantes. Empecé a ir todas las mañanas, a veces de mañana y de tarde. El guardián de los acuarios sonreía perplejo al recibir el billete. Me apoyaba en la barra de hierro que bordea los acuarios y me ponía a mirarlos. No hay nada de extraño en esto, porque desde el primer momento comprendí que estábamos vinculados, que algo infinitamente perdido y distante seguía sin embargo uniéndonos. Me había bastado detenerme aquella primera mañana ante el cristal donde unas burbujas corrían en el agua. Los axolotl se amontonaban en el mezquino y angosto (sólo yo puedo saber cuán angosto y mezquino) piso de piedra y musgo del acuario. Había nueve ejemplares, y la mayoría apoyaban la cabeza contra el cristal, mirando con sus ojos de oro a los que se acercaban. Turbado, casi avergonzado, sentí como una impudicia asomarme a esas figuras silenciosas e inmóviles aglomeradas en el fondo del acuario. Aislé mentalmente una, situada a la derecha y algo separada de las otras, para estudiarla mejor. Vi un cuerpecito rosado y como traslúcido (pensé en las estatuillas chinas de cristal lechoso), semejante a un pequeño lagarto de quince centímetros, terminado en una cola de pez de una delicadeza extraordinaria, la parte más sensible de nuestro cuerpo. Por el lomo le corría una aleta transparente que se fusionaba con la cola, pero lo que me obsesionó fueron las patas, de una finura sutilísima, acabadas en menudos dedos, en uñas minuciosamente humanas. Y entonces descubrí sus ojos, su cara. Un rostro inexpresivo, sin otro rasgo que los ojos, dos orificios como cabezas de alfiler, enteramente de un oro transparente, carentes de toda vida pero mirando, dejándose penetrar por mi mirada que parecía pasar a través del punto áureo y perderse en un diáfano misterio interior. Un delgadísimo halo negro rodeaba el ojo y lo inscribía en la carne rosa, en la piedra rosa de la cabeza vagamente triangular pero con lados curvos e irregulares, que le daban una total semejanza con una estatuilla corroída por el tiempo. La boca estaba disimulada por el plano triangular de la cara, sólo de perfil se adivinaba su tamaño considerable; de frente una fina hendedura rasgaba apenas la piedra sin vida. A ambos lados de la cabeza, donde hubieran debido estar las orejas, le crecían tres ramitas rojas como de coral, una excrecencia vegetal, las branquias, supongo. Y era lo único vivo en él, cada diez o quince segundos las ramitas se enderezaban rígidamente y volvían a bajarse. A veces una pata se movía apenas, yo veía los diminutos dedos posándose con suavidad en el musgo. Es que no nos gusta movernos mucho, y el acuario es tan mezquino; apenas avanzamos un poco nos damos con la cola o la cabeza de otro de nosotros; surgen dificultades, peleas, fatiga. El tiempo se siente menos si nos estamos quietos.

Fue su quietud lo que me hizo inclinarme fascinado la primera vez que vi a los axolotl. Oscuramente me pareció comprender su voluntad secreta, abolir el espacio y el tiempo con una inmovilidad indiferente. Después supe mejor, la contracción de las branquias, el tanteo de las finas patas en las piedras, la repentina natación (algunos de ellos nadan con la simple ondulación del cuerpo) me probó que eran capaces de evadirse de ese sopor mineral en que pasaban horas enteras. Sus ojos, sobre todo, me obsesionaban. Al lado de ellos, en los restantes acuarios, diversos peces me mostraban la simple estupidez de sus hermosos ojos semejantes a los nuestros. Los ojos de los axolotl me decían de la presencia de una vida diferente, de otra manera de mirar. Pegando mi cara al vidrio (a veces el guardián tosía, inquieto) buscaba ver mejor los diminutos puntos áureos, esa entrada al mundo infinitamente lento y remoto de las criaturas rosadas. Era inútil golpear con el dedo en el cristal, delante de sus caras; jamás se advertía la menor reacción. Los ojos de oro seguían ardiendo con su dulce, terrible luz; seguían mirándome desde una profundidad insondable que me daba vértigo.

Y sin embargo estaban cerca. Lo supe antes de esto, antes de ser un axolotl. Lo supe el día en que me acerqué a ellos por primera vez. Los rasgos antropomórficos de un mono revelan, al revés de lo que cree la mayoría, la distancia que va de ellos a nosotros. La absoluta falta de semejanza de los axolotl con el ser humano me probó que mi reconocimiento era válido, que no me apoyaba en analogías fáciles. Sólo las manecitas... Pero una lagartija tiene también manos así, y en nada se nos parece. Yo creo que era la cabeza de los axolotl, esa forma triangular rosada con los ojillos de oro. Eso miraba y sabía. Eso reclamaba. No eran *animales*.

Parecía fácil, casi obvio, caer en la mitología. Empecé viendo en los axolotl una metamorfosis que no conseguía anular una misteriosa humanidad. Los imaginé conscientes, esclavos de su cuerpo, infinitamente condenados a un silencio abisal, a una reflexión desesperada. Su mirada ciega, el diminuto disco de oro inexpresivo y sin embargo terriblemente lúcido, me penetraba como un mensaje: «Sálvanos, sálvanos». Me sorprendía musitando palabras de consuelo, transmitiendo pueriles esperanzas. Ellos seguían mirándome, inmóviles; de pronto las ramillas rosadas de las branquias se enderezaban. En ese instante yo sentía como un dolor sordo; tal vez me veían, captaban mi esfuerzo por penetrar en lo impenetrable de sus vidas. No eran seres humanos, pero en ningún animal había encontrado una relación tan profunda conmigo. Los axolotl eran como testigos, y a veces como horribles jueces. Me sentía innoble frente a ellos; había una pureza tan espantosa en esos ojos transparentes. Eran larvas, pero larva quiere decir máscara y también fantasma. Detrás de esas caras aztecas, inexpresivas y sin embargo de una crueldad implacable, ¿qué imagen esperaba su hora?

Les temía. Creo que de no haber sentido la proximidad de otros visitantes y del guardián, no me hubiese atrevido a quedarme solo con ellos.

«Usted se los come con los ojos», me decía riendo el guardián, que debía suponerme un poco desequilibrado. No se daba cuenta de que eran ellos los que me devoraban lentamente por los ojos, en un canibalismo de oro. Lejos del acuario no hacía más que pensar en ellos, era como si me influyeran a distancia. Llegué a ir todos los días, y de noche los imaginaba inmóviles en la oscuridad, adelantando lentamente una mano que de pronto encontraba la de otro. Acaso sus ojos veían en plena noche, y el día continuaba para ellos indefinidamente. Los ojos de los axolotl no tienen párpados.

Ahora sé que no hubo nada extraño, que eso tenía que ocurrir. Cada mañana, al inclinarme sobre el acuario, el reconocimiento era mayor. Sufrían, cada fibra de mi cuerpo alcanzaba ese sufrimiento amordazado, esa tortura rígida en el fondo del agua. Espiaban algo, un remoto señorío aniquilado, un tiempo de libertad en que el mundo había sido de los axolotl. No era posible que una expresión tan terrible que alcanzaba a vencer la inexpresividad forzada de sus rostros de piedra, no portara un mensaje de dolor, la prueba de esa condena eterna, de ese infierno líquido que padecían. Inútilmente quería probarme que mi propia sensibilidad proyectaba en los axolotl una conciencia inexistente. Ellos y yo sabíamos. Por eso no hubo nada de extraño en lo que ocurrió. Mi cara estaba pegada al vidrio del acuario, mis ojos trataban una vez más de penetrar el misterio de esos ojos de oro sin iris y sin pupila. Veía muy de cerca la cara de un axolotl inmóvil junto al vidrio. Sin transición, sin sorpresa, vi mi cara contra el vidrio, en vez del axolotl vi mi cara contra el vidrio, la vi fuera del acuario, la vi del otro lado del vidrio. Entonces mi cara se apartó y yo comprendí.

Sólo una cosa era extraña: seguir pensando como antes, saber. Darme cuenta de eso fue en el primer momento como el horror del enterrado vivo que despierta a su destino. Afuera, mi cara volvía a acercarse al vidrio, veía mi boca de labios apretados por el esfuerzo de comprender a los axolotl. Yo era un axolotl y sabía ahora instantáneamente que ninguna comprensión era posible. Él estaba fuera del acuario, su pensamiento era un pensamiento fuera del acuario. Conociéndolo, siendo él mismo, yo era un axolotl y estaba en mi mundo. El horror venía —lo supe en el mismo momento— de creerme prisionero en un cuerpo de axolotl, transmigrado a él con mi pensamiento de hombre, enterrado vivo en un axolotl, condenado a moverme lúcidamente entre criaturas insensibles. Pero aquello cesó cuando una pata vino a rozarme la cara, cuando moviéndome apenas a un lado vi a un axolotl junto a mí que me miraba, y supe que también él sabía, sin comunicación posible pero tan claramente. O yo estaba también en él, o todos nosotros pensábamos como un hombre, incapaces de expresión, limitados al resplandor dorado de nuestros ojos que miraban la cara del hombre pegada al acuario.

Él volvió muchas veces, pero viene menos ahora. Pasa semanas sin asomarse. Ayer lo vi, me miró largo rato y se fue bruscamente. Me pareció que no se interesaba tanto por nosotros, que obedecía a una costumbre. Como lo único que hago es pensar, pude pensar mucho en él. Se me ocurre que al principio continuamos comunicados, que él se sentía más que nunca unido al misterio que lo obsesionaba. Pero los puentes están cortados entre él y yo, porque lo que era su obsesión es ahora un axolotl, ajeno a su vida de hombre. Creo que al principio yo era capaz de volver en cierto modo a él —ah, sólo en cierto modo— y mantener alerta su deseo de conocernos mejor. Ahora soy definitivamente un axolotl, y si pienso como un hombre es sólo porque todo axolotl piensa como un hombre dentro de su imagen de piedra rosa. Me parece que de todo esto alcancé a comunicarle algo en los primeros días, cuando yo era todavía él. Y en esta soledad final, a la que él ya no vuelve, me consuela pensar que acaso va a escribir sobre nosotros, creyendo imaginar un cuento va a escribir todo esto sobre los axolotl.

DISCURSO DEL OSO

Soy el oso de los caños de la casa, subo por los caños en las horas de silencio, los tubos de agua caliente, de la calefacción, del aire fresco, voy por los tubos de departamento en departamento y soy el oso que va por los caños.

Creo que me estiman porque mi pelo mantiene limpios los conductos, incesantemente corro por los tubos y nada me gusta más que pasar de piso en piso resbalando por los caños. A veces saco una pata por la canilla y la muchacha del tercero grita que se ha quemado, o gruño a la altura del horno del segundo y la cocinera Guillermina se queja de que el aire tira mal. De noche ando callado y es cuando más ligero ando, me asomo al techo por la chimenea para ver si la luna baila arriba, y me dejo resbalar como el viento hasta las calderas del sótano. Y en verano nado de noche en la cisterna picoteada de estrellas, me lavo la cara primero con una mano después con la otra después con las dos juntas, y eso me produce una grandísima alegría.

Entonces resbalo por todos los caños de la casa gruñendo contento, y los matrimonios se agitan en sus camas y deploran la instalación de las tuberías. Algunos encienden la luz y escriben un papelito para acordarse de protestar cuando vean al portero. Yo busco la canilla que siempre queda abierta en algún piso, por allí saco la nariz y miro la oscuridad de las habitaciones donde viven esos seres que no pueden andar por los caños, y les tengo algo de lástima al verlos tan torpes y grandes, al oír cómo roncan y sueñan en voz alta, y están tan solos. Cuando de mañana se lavan la cara, les acaricio las mejillas, les lamo la nariz y me voy, vagamente seguro de haber hecho bien.

CARTA A UNA SEÑORITA EN PARÍS

Andrée, yo no quería venirme a vivir
a su departamento de la calle Suipacha

Andrée, yo no quería venirme a vivir a su departamento de la calle Suipacha. No tanto por los conejitos, más bien porque me duele ingresar en un orden cerrado, construido ya hasta en las más finas mallas del aire, esas que en su casa preservan la música de la lavanda, el aletear de un cisne con polvos, el juego del violín y la viola en el cuarteto de Rará. Me es amargo entrar en un ámbito donde alguien que vive bellamente lo ha dispuesto todo como una reiteración visible de su alma, aquí los libros (de un lado en español, del otro en francés e inglés), allí los almohadones verdes, en este preciso sitio de la mesita el cenicero de cristal que parece el corte de una pompa de jabón, y siempre un perfume, un sonido, un crecer de plantas, una fotografía del amigo muerto, ritual de bandejas con té y tenacillas de azúcar... Ah, querida Andrée, qué difícil oponerse, aun aceptándolo con entera sumisión del propio ser, al orden minucioso que una mujer instaura en su liviana residencia. Cuán culpable tomar una tacita de metal y ponerla al otro extremo de la mesa, ponerla allí simplemente porque uno ha traído sus diccionarios ingleses y es de este lado, al alcance de la mano, donde habrán de estar. Mover esa tacita vale por un horrible rojo inesperado en medio de una modulación de Ozenfant, como si de golpe las cuerdas de todos los contrabajos se rompieran al mismo tiempo con el mismo espantoso chicotazo en el instante más callado de una sinfonía de Mozart. Mover esa tacita altera el juego de relaciones de toda la casa, de cada objeto con otro, de cada momento de su alma con el alma entera de la casa y su habitante lejana. Y yo no puedo acercar los dedos a un libro, ceñir apenas el cono de luz de una lámpara, destapar la caja de música, sin que un sentimiento de ultraje y desafío me pase por los ojos como un bando de gorriones.

Usted sabe por qué vine a su casa, a su quieto salón solicitado de mediodía. Todo parece tan natural, como siempre que no se sabe la verdad. Usted se ha ido a París, yo me quedé con el departamento de la calle Suipacha, elaboramos un simple y satisfactorio plan de mutua conveniencia hasta que septiembre la traiga de nuevo a Buenos Aires y me lance a mí a alguna otra casa donde quizá... Pero no le escribo por eso, esta carta se la envío a causa de los conejitos, me parece justo enterarla; y porque me gusta escribir cartas, y tal vez porque llueve.

Me mudé el jueves pasado, a las cinco de la tarde, entre niebla y hastío. He cerrado tantas maletas en mi vida, me he pasado tantas horas haciendo equipajes que no llevaban a ninguna parte, que el jueves fue un día lleno de sombras y correas, porque cuando yo veo las correas de las valijas es como si viera sombras, elementos de un látigo que me azota indirectamente, de la manera más sutil y más horrible. Pero hice las maletas, avisé a su mucama que vendría a instalarme, y subí en el ascensor. Justo entre el primero y segundo piso sentí que iba a vomitar un conejito. Nunca se lo había explicado antes, no crea que por deslealtad, pero naturalmente uno no va a explicarle a la gente que de cuando en cuando vomita un conejito. Como siempre me ha sucedido estando a solas, guardaba el hecho igual que se guardan tantas constancias de lo que acaece (o hace uno acaecer) en la privacía total. No me lo reproche, Andrée, no me lo reproche. De cuando en cuando se me ocurre vomitar un conejito. No es razón para no vivir en cualquier casa, no es razón para que uno tenga que avergonzarse y estar aislado y andar callándose.

Cuando siento que voy a vomitar un conejito, me pongo dos dedos en la boca como una pinza abierta, y espero a sentir en la garganta la pelusa tibia que sube como una efervescencia de sal de frutas. Todo es veloz e higiénico, transcurre en un brevísimo instante. Saco los dedos de la boca, y en ellos traigo sujeto por las orejas a un conejito blanco. El conejito parece contento, es un conejito normal y perfecto, sólo que muy pequeño, pequeño como un conejito de chocolate pero blanco y enteramente un conejito. Me lo pongo en la palma de la mano, le alzo la pelusa con una caricia de los dedos, el conejito parece satisfecho de haber nacido y bulle y pega el hocico contra mi piel, moviéndolo con esa trituración silenciosa y cosquilleante del hocico de un conejo contra la piel de una mano. Busca de comer y entonces yo (hablo de cuando esto ocurría en mi casa de las afueras) lo saco conmigo al balcón y lo pongo en la gran maceta donde crece el trébol que a propósito he sembrado. El conejito alza del todo sus orejas, envuelve un trébol tierno con un veloz molinete del hocico, y yo sé que puedo dejarlo e irme, continuar por un tiempo una vida no distinta a la de tantos que compran sus conejos en las granjas.

Entre el primero y el segundo piso, Andrée, como un anuncio de lo que sería mi vida en su casa, supe que iba a vomitar un conejito. En seguida tuve miedo (¿o era extrañeza? No, miedo de la misma extrañeza, acaso) porque antes de dejar mi casa, sólo dos días antes, había vomitado un conejito y estaba seguro por un mes, por cinco semanas, tal vez seis con un poco de suerte. Mire usted, yo tenía perfectamente resuelto el problema de los conejitos. Sembraba trébol en el balcón de mi otra casa, vomitaba un conejito, lo ponía en el trébol y al cabo de un mes, cuando sospechaba que de un momento a otro...

entonces regalaba el conejo ya crecido a la señora de Molina, que creía en un *hobby* y se callaba. Ya en otra maceta venía creciendo un trébol tierno y propicio, yo aguardaba sin preocupación la mañana en que la cosquilla de una pelusa subiendo me cerraba la garganta, y el nuevo conejito repetía desde esa hora la vida y las costumbres del anterior. Las costumbres, Andrée, son formas concretas del ritmo, son la cuota del ritmo que nos ayuda a vivir. No era tan terrible vomitar conejitos una vez que se había entrado en el ciclo invariable, en el método. Usted querrá saber por qué todo ese trabajo, por qué todo ese trébol y la señora Molina. Hubiera sido preferible matar en seguida al conejito y... Ah, tendría usted que vomitar tan sólo uno, tomarlo con dos dedos y ponérselo en la mano abierta, adherido aún a usted por el acto mismo, por el aura inefable de su proximidad apenas rota. Un mes distancia tanto; un mes es tamaño, largos pelos, saltos, ojos salvajes, diferencia absoluta. Andrée, un mes es un conejo, hace de veras a un conejo; pero el minuto inicial, cuando el copo tibio y bullente encubre una presencia inajenable... Como un poema en los primeros minutos, el fruto de una noche de Idumea: tan de uno que uno mismo... y después tan no uno, tan aislado y distante en su llano mundo blanco tamaño carta.

Me decidí, con todo, a matar al conejito apenas naciera. Yo viviría cuatro meses en su casa: cuatro —quizás, con suerte, tres— cucharadas de alcohol en el hocico. (¿Sabe usted que la misericordia permite matar instantáneamente a un conejito dándole a beber una cucharada de alcohol? Su carne sabe luego mejor, dicen, aunque yo... Tres o cuatro cucharadas de alcohol, luego el cuarto de baño o un paquete sumándose a los desechos).

Al cruzar el tercer piso el conejito se movía en mi mano abierta. Sara esperaba arriba, para ayudarme a entrar las valijas... ¿Cómo explicarle que un capricho, una tienda de animales? Envolví el conejito en mi pañuelo, lo puse en el bolsillo del sobretodo dejando el sobretodo suelto para no oprimirlo. Apenas se movía. Su menuda conciencia debía estarle revelando hechos importantes: que la vida es un movimiento hacia arriba con un clic final, y que es también un cielo bajo, blanco, envolvente y oliendo a lavanda, en el fondo de un pozo tibio.

Sara no vio nada, la fascinaba demasiado el arduo problema de ajustar su sentido del orden a mi valija-ropero, mis papeles y mi displicencia ante sus elaboradas explicaciones donde abunda la expresión «por ejemplo». Apenas pude me encerré en el baño; matarlo ahora. Una fina zona de calor rodeaba el pañuelo, el conejito era blanquísimo y creo que más lindo que los otros. No me miraba, solamente bullía y estaba contento, lo que era el más horrible modo de mirarme. Lo encerré en el botiquín vacío y me volví para desempacar, desorientado pero no infeliz, no culpable, no jabonándome las manos para quitarles una última convulsión.

Comprendí que no podía matarlo. Pero esa misma noche vomité un conejito negro. Y dos días después uno blanco. Y a la cuarta noche un conejito gris.

Usted ha de amar el bello armario de su dormitorio, con la gran puerta que se abre generosa, las tablas vacías a la espera de mi ropa. Ahora los tengo ahí. Ahí dentro. Verdad que parece imposible; ni Sara lo creería. Porque Sara nada sospecha, y el que no sospeche nada procede de mi horrible tarea, una tarea que se lleva mis días y mis noches en un solo golpe de rastrillo y me va calcinando por dentro y endureciendo como esa estrella de mar que ha puesto usted sobre la bañera y que a cada baño parece llenarle a uno el cuerpo de sal y azotes de sol y grandes rumores de la profundidad.

De día duermen. Hay diez. De día duermen. Con la puerta cerrada, el armario es una noche diurna solamente para ellos. Allí duermen su noche con sosegada obediencia. Me llevo las llaves del dormitorio al partir a mi empleo. Sara debe creer que desconfío de su honradez y me mira dubitativa, se le ve todas las mañanas que está por decirme algo, pero al final se calla y yo estoy tan contento. (Cuando arregla el dormitorio, de nueve a diez, hago ruido en el salón, pongo un disco de Benny Carter que ocupa toda la atmósfera, y como Sara es también amiga de saetas y pasodobles, el armario parece silencioso y acaso lo esté, porque para los conejitos transcurre ya la noche y el descanso).

Su día principia a esa hora que sigue a la cena, cuando Sara se lleva la bandeja con un menudo tintinear de tenacillas de azúcar, me desea buenas noches —sí, me las desea, Andrée, lo más amargo es que me desea las buenas noches— y se encierra en su cuarto y de pronto estoy yo solo, solo con el armario condenado, solo con mi deber y mi tristeza.

Los dejo salir, lanzarse ágiles al asalto del salón, oliendo vivaces el trébol que ocultaban mis bolsillos y ahora hace en la alfombra efímeras puntillas que ellos alteran, remueven, acaban en un momento. Comen bien, callados y correctos, hasta ese instante nada tengo que decir, los miro solamente desde el sofá, con un libro inútil en la mano —yo que quería leerme todos sus Giraudoux, Andrée, y la historia argentina de López que tiene usted en el anaquel más bajo—; y se comen el trébol.

Son diez. Casi todos blancos. Alzan la tibia cabeza hacia las lámparas del salón, los tres soles inmóviles de su día, ellos que aman la luz porque su noche no tiene luna ni estrellas ni faroles. Miran su triple sol y están contentos. Así es que saltan por la alfombra, a las sillas, diez manchas livianas se trasladan como una moviente constelación de una parte a otra, mientras yo quisiera verlos quietos, verlos a mis pies y quietos —un poco el sueño de todo dios, Andrée, el sueño nunca cumplido de los dioses—, no así insinuándose detrás del retrato de Miguel de Unamuno, en torno al jarrón verde claro, por la negra cavidad del escritorio, siempre menos de diez, siempre seis u ocho y yo preguntándome dónde andarán los que faltan, y si Sara se levantara por cualquier cosa, y la presidencia de Rivadavia que yo quería leer en la historia de López.

No sé cómo resisto, Andrée. Usted recuerda que vine a descansar a su casa. No es culpa mía si de cuando en cuando vomito un conejito, si esta mudanza me alteró también por dentro —no es nominalismo, no es magia, solamente que las cosas no se pueden variar así de pronto, a veces las cosas viran bruscamente y cuando usted esperaba la bofetada a la derecha—. Así, Andrée, o de otro modo, pero siempre así.

Le escribo de noche. Son las tres de la tarde, pero le escribo en la noche de ellos. De día duermen. ¡Qué alivio esta oficina cubierta de gritos, órdenes, máquinas Royal, vicepresidentes y mimeógrafos! ¡Qué alivio, qué paz, qué horror, Andrée! Ahora me llaman por teléfono, son los amigos que se inquietan por mis noches recoletas, es Luis que me invita a caminar o Jorge que me guarda un concierto. Casi no me atrevo a decirles que no, invento prolongadas e ineficaces historias de mala salud, de traducciones atrasadas, de evasión. Y cuando regreso y subo en el ascensor —ese tramo, entre el primero y segundo piso— me formulo noche a noche irremediablemente la vana esperanza de que no sea verdad.

Hago lo que puedo para que no destrocen sus cosas. Han roído un poco los libros del anaquel más bajo, usted los encontrará disimulados para que Sara no se dé cuenta. ¿Quería usted mucho su lámpara con el vientre de porcelana lleno de mariposas y caballeros antiguos? El trizado apenas se advierte, toda la noche trabajé con un cemento especial que me vendieron en una casa inglesa —usted sabe que las casas inglesas tienen los mejores cementos— y ahora me quedo al lado para que ninguno la alcance otra vez con las patas (es casi hermoso ver cómo les gusta pararse, nostalgia de lo humano distante, quizá imitación de su dios ambulando y mirándolos hosco; además usted habrá advertido —en su infancia, quizá— que se puede dejar a un conejito en penitencia contra la pared, parado, las patitas apoyadas y muy quieto horas y horas).

A las cinco de la mañana (he dormido un poco, tirado en el sofá verde y despertándome a cada carrera afelpada, a cada tintineo) los pongo en el armario y hago la limpieza. Por eso Sara encuentra todo bien aunque a veces le he visto algún asombro contenido, un quedarse mirando un objeto, una leve decoloración de la alfombra, y de nuevo el deseo de preguntarme algo, pero yo silbando las variaciones sinfónicas de Franck, de manera que nones. Para qué contarle, Andrée, las minucias desventuradas de ese amanecer sordo y vegetal, en que camino entredormido levantando cabos de trébol, hojas sueltas, pelusas blancas, dándome contra los muebles, loco de sueño, y mi Gide que se atrasa, Troyat que no he traducido, y mis respuestas a una señora lejana que estará preguntándose ya si... para qué seguir todo esto, para qué seguir esta carta que escribo entre teléfonos y entrevistas.

Andrée, querida Andrée, mi consuelo es que son diez y ya no más. Hace quince días contuve en la palma de la mano un último conejito, después nada, solamente los diez conmigo, su diurna noche y creciendo, ya feos y naciéndoles el pelo largo, ya adolescentes y llenos de urgencias y caprichos, saltando sobre el busto de Antinoo (¿es Antinoo, verdad, ese muchacho que mira ciegamente?) o perdiéndose en el living donde sus movimientos crean ruidos resonantes, tanto que de allí debo echarlos por miedo a que los oiga

Sara y se me aparezca horripilada, tal vez en camisón —porque Sara ha de ser así, con camisón— y entonces... Solamente diez, piense usted esa pequeña alegría que tengo en medio de todo, la creciente calma con que franqueo de vuelta los rígidos cielos del primero y el segundo piso.

Interrumpí esta carta porque debía asistir a una tarea de comisiones. La continúo aquí en su casa, Andrée, bajo una sorda grisalla de amanecer. ¿Es de veras el día siguiente, Andrée? Un trozo en blanco de la página será para usted el intervalo, apenas el puente que une mi letra de ayer a mi letra de hoy. Decirle que en ese intervalo todo se ha roto, donde mira usted el puente fácil oigo yo quebrarse la cintura furiosa del agua, para mí este lado del papel, este lado de mi carta, no continúa la calma con que venía yo escribiéndole cuando la dejé para asistir a una tarea de comisiones. En su cúbica noche sin tristeza duermen once conejitos; acaso ahora mismo, pero no, no ahora. En el ascensor, luego, o al entrar; ya no importa dónde, si el cuándo es ahora, si puede ser en cualquier ahora de los que me quedan.

Basta ya, he escrito esto porque me importa probarle que no fui tan culpable en el destrozo insalvable de su casa. Dejaré esta carta esperándola, sería sórdido que el correo se la entregara alguna clara mañana de París. Anoche di vuelta los libros del segundo estante; alcanzaban ya a ellos, parándose o saltando, royeron los lomos para afilarse los dientes —no por hambre, tienen todo el trébol que les compro y almaceno en los cajones del escritorio. Rompieron las cortinas, las telas de los sillones, el borde del autorretrato de Augusto Torres, llenaron de pelos la alfombra y también gritaron, estuvieron en círculo bajo la luz de la lámpara, en círculo y como adorándome, y de pronto gritaban, gritaban como yo no creo que griten los conejos.

He querido en vano sacar los pelos que estropean la alfombra, alisar el borde de la tela roída, encerrarlos de nuevo en el armario. El día sube, tal vez Sara se levante pronto. Es casi extraño que no me importe verlos brincar en busca de juguetes. No tuve tanta culpa, usted verá cuando llegue que mucho de los destrozos están bien reparados con el cemento que compré en una casa inglesa, yo hice lo que pude para evitarle un enojo... En cuanto a mí, del diez al once hay como un hueco insuperable. Usted ve: diez estaba bien, con un armario, trébol y esperanza, cuántas cosas pueden construirse. No ya con once, porque decir once es seguramente doce, Andrée, doce que será trece. Entonces está el amanecer y una fría soledad en la que caben la alegría, los recuerdos, usted y acaso tanto más. Está este balcón sobre Suipacha lleno de alba, los primeros sonidos de la ciudad. No creo que les sea difícil juntar once conejitos salpicados sobre los adoquines, tal vez ni se fijen en ellos, atareados con el otro cuerpo que conviene llevarse pronto, antes de que pasen los primeros colegiales.

Retrato del Casoar

La primera cosa que hace el casoar es mirarlo a uno con altanería desconfiada. Se limita a mirar sin moverse, a mirar de una manera tan dura y continua que es casi como si nos estuviera inventando, como si gracias a un terrible esfuerzo nos sacara de la nada que es el mundo de los casoares y nos pusiera delante de él, en el acto inexplicable de estarlo contemplando.

De esta doble contemplación que acaso sólo es una y quizás en el fondo ninguna, nacemos el casoar y yo, nos situamos, aprendemos a desconocernos. No sé si el casoar me recorta y me inscribe en su simple mundo; por mi parte sólo puedo describirlo, aplicar a su presencia un capítulo de gustos y disgustos. Sobre todo de disgustos porque el casoar es antipático y repulsivo. Imagínese un avestruz con una cubretetera de cuerno en la cabeza, una bicicleta aplastada entre dos autos y que se amontona en sí misma, una calcomanía mal sacada y donde predominan un violeta sucio y una especie de crepitación. Ahora el casoar da un paso adelante y adopta un aire más seco; es como un par de anteojos cabalgando una pedantería infinita. Vive en Australia, el casoar; es cobarde y temible a la vez; los guardianes entran en su jaula con altas botas de cuero y un lanzallamas. Cuando el casoar cesa de correr despavorido alrededor de la cazuela de afrecho que le ponen, y se precipita con saltos de camello sobre el guardián, no queda otro recurso que abrir el lanzallamas. Entonces se ve esto: el río de fuego lo envuelve y el casoar, con todas las plumas ardiendo, avanza sus últimos pasos mientras prorrumpe en un chillido abominable. Pero su cuerno no se quema: la seca materia escamosa que es su orgullo y su desprecio entra en fusión fría, se enciende en un azul prodigioso, en un escarlata que semeja un puño desollado, y por fin cuaja en el verde más transparente, en la esmeralda, piedra de la sombra y la esperanza. El casoar se deshoja, rápida nube de ceniza, y el guardián corre ávido a posesionarse de la gema recién nacida. El director del zoológico aprovecha siempre ese instante para iniciarle proceso por maltrato a las bestias, y despedirlo.

¿Qué más diremos del casoar, después de esta doble desgracia?

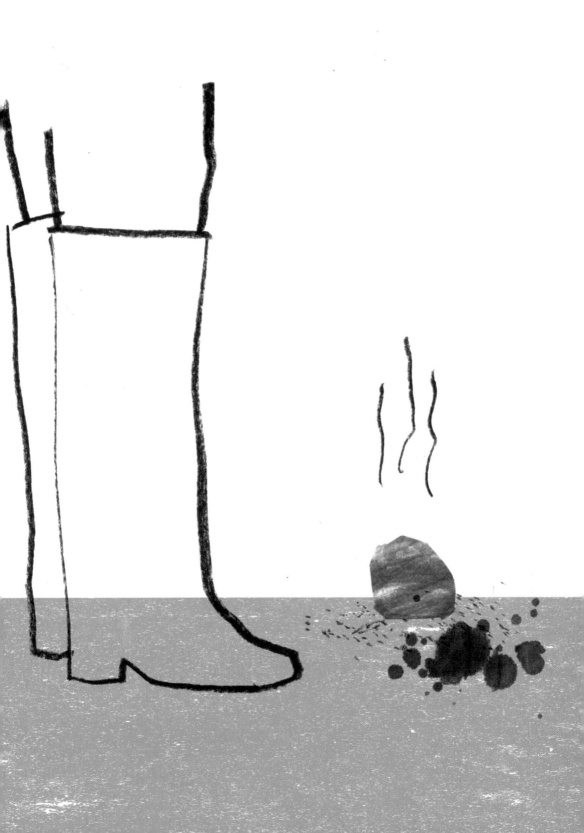

PAÍS LLAMADO
ALECHINSKY

Él no sabe que nos gusta errar por sus pinturas, que desde hace mucho nos aventuramos en sus dibujos y sus grabados, examinando cada recodo y cada laberinto con una atención sigilosa, con un interminable palpar de antenas. Tal vez sea tiempo de explicar por qué renunciamos durante largas horas, a veces toda una noche, a nuestra fatalidad de hormiguero hambriento, a las inacabables hileras yendo y viniendo con trocitos de hierba, fragmentos de pan, insectos muertos, por qué desde hace mucho esperamos ansiosas que la sombra caiga sobre los museos, las galerías y los talleres (el suyo, en Bougival, donde tenemos la capital de nuestro reino) para abandonar las tareas del hastío y ascender hacia los recintos donde nos esperan los juegos, entrar en los lisos palacios rectangulares que se abren a las fiestas.

Hace años, en uno de esos países que los hombres nombran y arman para nuestro internacional regocijo, una de nosotras se trepó por error a un zapato; el zapato echó a andar y entró en una casa: así descubrimos nuestro tesoro, las paredes cubiertas de ciudades maravillosas, los paisajes privilegiados, la vegetación y las criaturas que no se repiten nunca. En nuestros anales más secretos consta la relación del primer hallazgo: la exploradora tardó una noche entera en encontrar la salida de una pequeña pintura en la que los senderos se enmarañaban y contradecían como en un acto de amor interminable, una melodía recurrente que plegaba y desplegaba el humo de un cigarrillo pasando a los dedos de una mano para abrirse en una cabellera que entraba llena de trenes a la estación de una boca abierta contra el horizonte de babosas y cáscaras de naranjas. Su relato nos conmovió, nos cambió, hizo de nosotras un pueblo vehemente de libertad. Decidimos reducir para siempre nuestro horario de trabajo (hubo que matar a algunos jefes) y dar a conocer a nuestras hermanas allí donde estuvieran —que es en todas partes— las claves para acceder a nuestro joven paraíso. Emisarias provistas de minúsculas reproducciones de grabados y dibujos emprendieron largos viajes para llevar la buena nueva; exploradoras obstinadas ubicaron poco a poco los museos y las mansiones que guardaban los territorios de tela y de papel que amábamos. Ahora sabemos que los hombres poseen catálogos de esos territorios, pero el nuestro es un atlas de páginas dispersas que al mismo tiempo describen y son nuestro mundo elegido; y de eso hablamos aquí, de portulanos vertiginosos y de brújulas de tinta, de citas con el color en las encrucijadas de la línea, de encuentros pavorosos y alegrísimos, de juegos infinitos.

Si al comienzo, demasiado habituadas a nuestro triste vivir en dos dimensiones, nos quedábamos en la superficie y nos bastaba la delicia de perdernos y encontrarnos y reconocernos al término de las formas y los caminos, pronto aprendimos a ahondar en las apariencias, a meternos por debajo de un verde para descubrir un azul o un monaguillo, una cruz de pimienta o un carnaval de pueblo: las zonas de sombra, por ejemplo, los lagos chinos que evitábamos al principio porque nos llenaban de medrosas dudas, se

volvieron espeleologías en las que todo temor de caernos cedía al placer de
pasar de una penumbra a otra, de entrar en la lujosa guerra del negro contra
el blanco, y las que llegábamos hasta lo más hondo descubríamos el secreto:
sólo por debajo, por dentro, se descifraban las superficies. Comprendimos
que la mano que había trazado esas figuras y esos rumbos con los que tenía-
mos alianza, era también una mano que ascendía desde adentro al aire enga-
ñoso del papel; su tiempo real se situaba al otro lado del espacio de fuera que
prismaba la luz de los óleos o llenaba de carámbanos de sepia los grabados.
Entrar en nuestras ciudades nocturnas dejó de ser la visita en grupo que un
guía comenta y estropea: ahora eran nuestras, ahora vivíamos en ellas, nos
amábamos en sus aposentos y bebíamos el hidromiel de la luna en terrazas
habitadas por una muchedumbre tan afanosa y espasmódica como nosotras,
figurillas y monstruos y animales enredados en la misma ocupación del territorio y que nos aceptaban sin recelo como si fuéramos hormigas pintadas,
el dibujo moviente de la tinta en libertad. Él no lo sabe, de noche duerme o
anda con sus amigos o fuma leyendo y escuchando música, esas actividades
insensatas que no nos conciernen. Cuando de mañana vuelve a su taller,
cuando los guardianes inician su ronda en los museos, cuando los primeros
aficionados entran en las galerías de pintura, nosotras ya no estamos allí, el
ciclo del sol nos ha devuelto a nuestros hormigueros. Pero furtivamente quisiéramos decirle que regresaremos con las sombras, que escalaremos hiedras
y ventanas y paredes incontables para llegar al fin a las murallas de roble
o de pino tras de las cuales nos espera, tenso en su piel fragante, nuestro reino
de cada noche. Creemos que si alguna vez, lámpara en mano, el insomnio
lo trae hasta alguno de sus cuadros o sus dibujos, veremos sin terror su piyama que imaginamos blanco y negro a rayas, y que él se detendrá interro-
gante, irónicamente divertido, observándonos largamente. Quizá tarde en

descubrirnos, porque las líneas y los colores que él ha puesto allí se mueven y tiemblan y van y vienen como nosotras, y en ese tráfico que explica nuestro amor y nuestra confianza podríamos acaso pasar inadvertidas; pero sabemos que nada escapa a sus ojos, que se echará a reír, que nos tratará de aturdidas porque alguna carrera irreflexiva está alterando el ritmo del dibujo o introduce el escándalo en una constelación de signos. ¿Qué podríamos decirle en nuestro descargo? ¿Qué pueden las hormigas contra un hombre en piyama?

CEFALEA

Debemos a la doctora Margaret L. Tyler las imágenes más hermosas del presente relato. Su admirable poema, Síntomas orientadores hacia los remedios más comunes del vértigo y cefaleas, *apareció en la revista* Homeopatía *(publicada por la Asociación Médica Homeopática Argentina), año XIV, n.º 32, abril de 1946, p. 33 y ss. Asimismo agradecemos a Ireneo Fernando Cruz el habernos iniciado, durante un viaje a San Juan, en el conocimiento de las mancuspias.*

Cuidamos las mancuspias hasta bastante tarde, ahora con el calor del verano se llenan de caprichos y versatilidades, las más atrasadas reclaman alimentación especial y les llevamos avena malteada en grandes fuentes de loza; las mayores están mudando el pelaje del lomo, de manera que es preciso ponerlas aparte, atarles una manta de abrigo y cuidar que no se junten de noche con las mancuspias que duermen en jaulas y reciben alimento cada ocho horas.

No nos sentimos bien. Esto viene desde la mañana, tal vez por el viento caliente que soplaba al amanecer, antes de que naciera este sol alquitranado que dio en la casa todo el día. Nos cuesta atender a los animales enfermos

—esto se hace a las once— y revisar las crías después de la siesta. Nos parece cada vez más penoso andar, seguir la rutina; sospechamos que una sola noche de desatención sería funesta para las mancuspias, la ruina irreparable de nuestra vida. Andamos entonces sin reflexionar, cumpliendo uno tras otro los actos que el hábito escalona, deteniéndonos apenas para comer (hay trozos de pan en la mesa y sobre la repisa del living) o mirarnos en el espejo que duplica el dormitorio. De noche caemos repentinamente en la cama, y la tendencia a cepillarnos los dientes antes de dormir cede a la fatiga, alcanza apenas a sustituirse por un gesto hacia la lámpara o los remedios. Afuera se oye andar y andar en círculo a las mancuspias adultas.

No nos sentimos bien. Uno de nosotros es *Aconitum*, es decir que debe medicamentarse con aconitum en diluciones altas si, por ejemplo, el miedo le ocasiona vértigo. *Aconitum es una violenta tormenta, que pasa pronto.* De qué otro modo describir el contraataque a una ansiedad que nace de cualquier insignificancia, de la nada. Una mujer se enfrenta repentinamente con un perro y comienza a sentirse violentamente mareada. Entonces aconitum, y al poco rato sólo queda un mareo dulce, con tendencia a marchar hacia atrás (esto nos ocurrió, pero era un caso *Bryonia*, lo mismo que sentir que nos hundíamos con, o a través de la cama).

El otro, en cambio, es marcadamente *Nux vomica*. Después de llevar la avena malteada a las mancuspias, tal vez por agacharse demasiado al llenar la escudilla, siente de golpe como si le girara el cerebro, no que todo gire en torno —el vértigo en sí— sino que la visión es la que gira, dentro de él la conciencia gira como un giróscopo en su aro, y afuera todo está tremendamente inmóvil, sólo que huyendo e inasible. Hemos pensado si no será más bien un cuadro de *Phosphorus*, porque además lo aterra el perfume de las flores (o el de las mancuspias pequeñas, que huelen débilmente a lila) y coincide físicamente con el cuadro fosfórico: es alto, delgado, anhela bebidas frías, helados y sal.

De noche no es tanto, nos ayudan la fatiga y el silencio —porque el rondar de las mancuspias escande dulcemente este silencio de la pampa— y a veces dormimos hasta el amanecer y nos despierta un esperanzado sentimiento de mejoría. Si uno de nosotros salta de la cama antes que el otro, puede ocurrir con todo que asistamos consternados a la repetición de un fenómeno *Camphora monobromata*, pues cree que marcha en una dirección cuando en realidad lo está haciendo en la opuesta. Es terrible, vamos con toda seguridad hacia el baño, y de improviso sentimos en la cara la piel desnuda del espejo alto. Casi siempre lo tomamos a broma, porque hay que pensar en el trabajo que espera y de nada serviría desanimarnos tan pronto. Se buscan los glóbulos, se cumplen sin comentarios ni desalientos las instrucciones del doctor Harbín. (Tal vez en secreto seamos un poco *Natrum muriaticum*. Típicamente, un natrum llora, pero nadie debe observarlo. Es triste, es reservado; le gusta la sal).

¿Quién puede pensar en tantas vanidades si la tarea espera en los corrales, en el invernadero y en el tambo? Ya andan Leonor y el Chango alborotando fuera, y cuando salimos con los termómetros y las bateas para el baño, los dos se precipitan al trabajo como queriendo cansarse pronto, organizando su haraganeo de la tarde. Lo sabemos muy bien, por eso nos alegra tener salud para cumplir nosotros mismos con cada cosa. Mientras no pase de esto y no aparezcan las cefaleas, podemos seguir. Ahora es febrero, en mayo estarán vendidas las mancuspias y nosotros a salvo por todo el invierno. Se puede continuar todavía.

Las mancuspias nos entretienen mucho, en parte porque están llenas de sagacidad y malevolencia, en parte porque su cría es un trabajo sutil, necesitado de una precisión incesante y minuciosa. No tenemos por qué abundar, pero esto es un ejemplo: uno de nosotros saca las mancuspias madres de las jaulas de invernadero —son las 6:30 a. m.— y las reúne en el corral de pastos secos. Las deja retozar veinte minutos, mientras el otro retira los pichones de las casillas numeradas donde cada uno tiene su historia clínica, verifica rápidamente la temperatura rectal, devuelve a su casilla los que exceden los 37 °C, y por una manga de hojalata trae el resto a reunirse con sus madres para la lactancia. Tal vez sea éste el momento más hermoso de la mañana, nos conmueve el alborozo de las pequeñas mancuspias y sus madres, su rumoroso parloteo sostenido. Apoyados en la baranda del corral olvidamos la figura del mediodía que se acerca, de la dura tarde inaplazable. Por momentos tenemos un poco de miedo a mirar hacia el suelo del corral —un cuadro *Onosmodium* marcadísimo—, pero pasa y la luz nos salva del síntoma complementario, de la cefalea que se agrava con la oscuridad.

A las ocho es hora del baño, uno de nosotros va echando puñados de sales Krüschen y afrecho en las bateas, la otra dirige al Chango que trae cubos de agua tibia. A las mancuspias madres no les agrada el baño, hay que tomarlas con cuidado de las orejas y las patas, sujetándolas como conejos, sumergirlas muchas veces en la batea. Las mancuspias se desesperan y erizan, eso es lo que queremos para que las sales penetren hasta la piel tan delicada.

A Leonor le toca dar de comer a las madres, y lo hace muy bien; nunca vimos que errara en la distribución de porciones. Se les da avena malteada, y dos veces por semana leche con vino blanco. Desconfiamos un poco del Chango, nos parece que se bebe el vino; sería mejor guardar la bordalesa adentro, pero la casa es chica y luego ese olor dulzón que rezuma en las horas de sol alto.

Tal vez esto que decimos fuera monótono e inútil si no estuviese cambiando lentamente dentro de su repetición; en los últimos días —ahora que entramos en el periodo crítico del destete— uno de nosotros ha debido reconocer, con qué amargo asentimiento, el avance de un cuadro *Silica*. Empieza en el momento mismo en que nos domina el sueño, es un perder la estabilidad, un salto adentro, un vértigo que trepa por la columna vertebral hacia el interior de la cabeza; como el mismo trepar reptante (no hay otra descripción) de las pequeñas mancuspias por los postes de los corrales. Entonces, de repente, sobre el pozo negro del sueño donde ya caíamos deliciosamente, somos ese poste duro y ácido al que trepan jugando las mancuspias. Y es peor cerrando los ojos. Así se va el sueño, nadie duerme con ojos abiertos, nos morimos de cansancio pero basta un leve abandono para sentir el vértigo que repta, un vaivén en el cráneo, como si la cabeza estuviera llena de cosas vivas que giran a su alrededor. Como mancuspias.

Y es tan ridículo, se ha probado que a los enfermos *silica* les falta sílice, arena. Y nosotros aquí, rodeados de médanos, en un pequeño valle amenazado de médanos inmensos, faltándonos arena cuando íbamos a dormirnos.

Contra la probabilidad de que esto avance, hemos preferido perder algún tiempo dosificándonos severamente; advertimos a las doce horas que la reacción es favorable, y la tarde de trabajo sucede sin obstáculos, apenas, quizá, un leve desacomodo de las cosas, de pronto como si los objetos se pararan delante nuestro, irguiéndose sin moverse; una sensación de arista viva en cada plano. Sospechamos un viraje a *Dulcamara*, pero no es fácil estar seguros.

En el aire flotan leves las pelusas de las mancuspias adultas, después de la siesta vamos con tijeras y unas bolsas de caucho al corral alambrado donde el Chango las reúne para la esquila. Ya en febrero hace fresco de noche, las mancuspias necesitan el pelo porque duermen estiradas y carecen de la protección que se dan a sí mismos los animales que se ovillan replegando las patas. Sin embargo pierden el pelo del lomo, pelechan despacio y a pleno aire, el viento alza del corral una fina niebla de pelos que cosquillean en la nariz y nos hostigan hasta dentro de la casa. Entonces reunimos a las mancuspias y les tusamos el lomo a media altura, cuidando no privarlas de calor; cuando cae ese pelo, demasiado corto para flotar en el aire, va formando un polvillo amarillento que Leonor moja con la manguera y junta diariamente en una bola de pasta que se tira al pozo.

Uno de nosotros tiene entretanto que aparear los machos con las mancuspias jóvenes, pesar los pichones mientras el Chango lee en voz alta los pesos del día anterior, verificar el adelanto de cada mancuspia y apartar a las atrasadas para someterlas a la sobrealimentación. Esto nos lleva hasta el anochecer; sólo falta la avena de la segunda comida que Leonor reparte en un momento, y encerrar a las mancuspias madres mientras las pequeñas chillan y se obstinan en seguir a su lado. Es el Chango quien se ocupa del aparte, ya nosotros estamos en la veranda controlando. A las ocho se cierran las puertas y ventanas; a las ocho nos quedamos solos adentro.

Antes era un momento dulce, el recuento de episodios y de esperanzas. Pero desde que no nos sentimos bien parece como si esta hora fuese más pesada. Vanamente nos engañamos con el arreglo del botiquín —es frecuente que el orden alfabético de los remedios se altere por el descuido—; siempre al final nos vamos quedando callados en la mesa, leyendo el manual de Álvarez de Toledo (*Estúdiate a ti mismo*) o el de Humphreys (*Mentor Homeopático*). Uno de nosotros ha tenido con intermitencias una fase *Pulsatilla*, vale decir que tiende a mostrarse voluble, llorona, exigente, irritable. Esto aflora al anochecer, y coincide con el cuadro *Petroleum* que afecta al otro, un estado en el que todo —cosas, voces, recuerdos— pasan por encima de él, entumeciéndolo y envarándolo. Así es que no hay choque, apenas un sufrir paralelo y tolerable. Después, a veces, viene el sueño.

Tampoco quisiéramos poner en estas notas un énfasis progresivo, un crecer articulándose hasta el estallido patético de la gran orquesta, tras la cual decrecen las voces y se reingresa a una calma de hartazgo. A veces estas cosas que inscribimos ya nos han ocurrido (como la gran cefalea *Glonoinum* el día en que nació la segunda camada de mancuspias), a veces es ahora o por la mañana. Creemos necesario documentar estas fases para que el doctor Harbín las agregue a nuestra historia clínica cuando volvamos a Buenos Aires. No somos hábiles, sabemos que de pronto nos salimos del tema, pero el doctor Harbín prefiere conocer los detalles circundantes de los cuadros. Ese roce contra la ventana del baño que oímos de noche puede ser importante. Puede ser un síntoma *Cannabis indica*; ya se sabe que un cannabis indica tiene sensaciones exaltadas, con exageración de tiempo y distancia. Puede ser una mancuspia que se ha escapado y viene como todas a la luz.

Al principio éramos optimistas, todavía no hemos perdido la esperanza de ganar una buena suma con la venta de las crías jóvenes. Nos levantamos temprano, midiendo el creciente valor del tiempo en la fase final, y al principio casi no nos afecta la fuga del Chango y Leonor. Sin preaviso, sin cumplir para nada el estatuto, se nos han ido anoche los muy hijos de puta, llevándose el caballo y el sulky, la manta de uno de nosotros, el farol a carburo, el último número de *Mundo Argentino*. Por el silencio en los corrales sospechamos su ausencia, hay que apurarse a soltar a las crías para la lactancia, preparar los baños, la avena malteada. Todo el tiempo pensamos que no se debe pensar en lo ocurrido, trabajamos sin admitir que ahora estamos solos, sin caballo para salvar las seis leguas hasta Puán, con provisiones para una semana, y rondados por linyeras inútiles ahora que en las otras poblaciones se ha difundido el rumor estúpido de que criamos mancuspias y nadie se arrima por miedo a enfermedades. Sólo trabajando y con salud podemos

tolerar una conjuración que nos agobia hacia mediodía, en el alto del almuerzo (uno de nosotros prepara bruscamente una lata de lenguas y otra de
arvejas, fríe jamón con huevos), que rechaza la idea de no dormir la siesta,
nos encierra en la sombra del dormitorio con más dureza que las puertas a
doble cerrojo. Recién ahora recordamos con claridad el mal dormir de la
noche, ese vértigo curioso, transparente, si se nos permite inventar esta expresión. Al despertar, al levantarnos, mirando hacia delante, cualquier objeto —pongamos, por ejemplo, el ropero— es visto rotando a velocidad va-
riable y desviándose en forma inconstante hacia un costado (lado derecho);
mientras al mismo tiempo, a través del remolino, se observa el mismo ropero
parado firmemente y sin moverse. No hay que pensar mucho para distin-
guir allí un cuadro *Cyclamen*, de modo que el tratamiento actúa en pocos
minutos y nos equilibra para la marcha y el trabajo. Mucho peor es advertir
en plena siesta (cuando las cosas son tan ellas mismas, cuando el sol las re-
pliega duramente en sus aristas) que en el corral de las mancuspias grandes
hay agitación y parloteo, una renuncia súbita e inquietante al reposo que las
engorda. No queremos salir, el sol alto sería la cefalea, cómo admitir ahora la
posibilidad de cefalea cuando todo depende de nuestro trabajo. Pero habrá
que hacerlo, crece la inquietud de las mancuspias y es imposible seguir en la
casa cuando de los corrales llega un rumor nunca oído, entonces nos lanza-
mos fuera protegidos por cascos de corcho, nos separamos después de un
precipitado conciliábulo, uno de nosotros corre a las jaulas de las madres en
tanto que otro verifica los cierres de portones, el nivel del agua en el tanque
australiano, la posible irrupción de una zorra o un gato montés. Apenas llegamos a la entrada de los corrales y ya nos enceguece el sol, como albinos va-
cilamos entre las llamaradas blancas, quisiéramos continuar el trabajo pero
es tarde, el cuadro *Belladona* nos arrasa hasta precipitarnos agotados en la

hondura sombría del galpón. Congestionados, cara roja y caliente; pupilas dilatadas. Pulsación violenta en cerebro y carótidas. Violentas punzadas y lanzazos. Cefalea como sacudidas. A cada paso sacudida hacia abajo como si hubiese un peso en el occipital. Cuchilladas y punzadas. Dolor de estallido; como si se empujara el cerebro; peor agachándose, como si el cerebro cayera hacia fuera, como si fuera empujado hacia delante, o los ojos estuvieran por salirse. (*Como* esto, *como* aquello; pero nunca como es de veras). Peor con los ruidos, sacudidas, movimientos, luz. Y de pronto cesa, la sombra y la frescura se la lleva en un instante, nos deja una maravillada gratitud, un deseo de correr y sacudir la cabeza, asombrarse de que un minuto antes... Pero está el trabajo, y ahora sospechamos que la inquietud de las mancuspias obedece a falta de agua fresca, a la ausencia de Leonor y el Chango —son tan sensibles que han de sentir de algún modo esa ausencia—, y un poco a que extrañan el cambio en las labores de la mañana, nuestra torpeza, nuestro apuro.

Como no es día de esquila, uno de nosotros se ocupa del apareo prefijado y del control de peso; es fácil advertir que de ayer a hoy las crías han desmejorado bruscamente. Las madres comen mal, huelen prolongadamente la avena malteada antes de dignarse morder la tibia pasta alimenticia. Cumplimos silenciosos las últimas tareas, ahora la venida de la noche tiene otro sentido que no queremos examinar, ya no nos separamos como antes de un orden establecido y funcionando, de Leonor y el Chango y las mancuspias en sus sitios. Cerrar las puertas de la casa es dejar a solas un mundo sin legislación, librado a los sucesos de la noche y el alba. Entramos temerosos y prolijos, demorando el momento, incapaces de aplazarlo y por eso furtivos y esquivándonos, con toda la noche que espera como un ojo.

Por suerte tenemos sueño, la insolación y el trabajo pueden más que una inquietud incomunicada, nos vamos quedando dormidos sobre los restos fríos que masticamos penosamente, los recortes de huevo frito y pan mojado en leche. Algo rasca otra vez en la ventana del baño, en el techo parecen oírse corrimientos furtivos; no sopla viento, es noche de luna llena y los gallos cantarían antes de medianoche, si tuviéramos gallos. Vamos a la cama sin hablar, distribuyéndonos casi a tientas la última dosis del tratamiento. Con la luz apagada —pero no está bien dicho, no hay luz apagada, simplemente falta la luz, la casa es un fondo de tiniebla y por fuera todo luna llena— queremos decirnos algo y es apenas un preguntarse por mañana, por la forma de conseguir el alimento, llegar al pueblo. Y nos dormimos. Una hora, no más, el hilo ceniciento que tira la ventana apenas se ha movido hacia la cama. De pronto estamos sentados a oscuras, oyendo a oscuras porque se oye mejor. Algo les pasa a las mancuspias, el rumor es ahora un clamoreo rabioso o aterrado, se distingue el aullido afilado de las hembras y el ulular más bronco de los machos, se interrumpen de pronto y por la casa se mueve como una ráfaga de silencio, entonces otra vez el clamoreo crece contra la noche y la distancia. No pensamos en salir, demasiado es estar oyéndolas, uno de nosotros duda si los alaridos son fuera o aquí porque hay momentos en que nacen como desde dentro, y a lo largo de esa hora entramos en un cuadro *Aconitum* donde todo se confunde y nada es menos cierto que su contrario. Sí, las cefaleas vienen con tal violencia que apenas se las puede describir. Sensación de desgarro, de quemazón en el cerebro, en el cuero cabelludo, con miedo, con fiebre, con angustia. Plenitud y pesadez en la frente, como si allí hubiera un peso que presionara hacia fuera: como si todo fuera arrancado por la frente. Aconitum es repentino; salvaje; peor por vientos fríos; con inquietud, angustia, miedo. Las mancuspias rondan la casa, inútil repetirnos que están en los corrales, que los candados resisten.

No advertimos el amanecer, hacia las cinco nos abate un sueño sin reposo del que salen nuestras manos a hora fija para llevar los glóbulos a la boca. Hace rato que golpean en la puerta del living, los golpes crecen con rabia hasta que uno de nosotros deja que las zapatillas se pongan sus pies y se arrastren hasta la llave. Es la policía con la noticia del arresto del Chango; nos traen de vuelta el sulky, allá sospecharon el robo y el abandono. Hay que firmar una declaración, todo está bien, el sol alto y un gran silencio en los corrales. Los policías miran los corrales, uno se tapa la nariz con el pañuelo, hace como que tose. Decimos pronto lo que quieren, firmamos, y se van casi corriendo, pasan lejos de los corrales y los miran, también a nosotros nos han mirado, aventurando una ojeada al interior (sale un aire estancado por la puerta), y se van casi corriendo. Es muy curioso que estos brutos no quieran espiar más, huyen como apestados, ya pasan al galope por el camino del costado.

Uno de nosotros parece decidir personalmente que el otro irá en seguida a buscar alimento con el sulky, mientras se cumple la tarea matinal. Subimos sin ganas, el caballo está cansado porque lo han traído sin respiro, vamos saliendo de a poco y mirando atrás. Todo está en orden, entonces no eran las mancuspias las que hacían ruidos en la casa, habrá que fumigar las ratas del tejado, asombra el ruido que una sola rata puede hacer de noche. Abrimos los corrales, juntamos las madres pero apenas queda avena malteada y las mancuspias pelean ferozmente, se arrancan pedazos de lomo y de cuello, les salta la sangre y hay que separarlas a látigo y gritos. Después de eso la lactancia de las crías es penosa e imperfecta, se advierte que los pichones están hambrientos, algunos vacilan al correr o se apoyan en los alambrados. Hay un macho muerto a la entrada de su jaula, inexplicablemente. Y el caballo se resiste a trotar, ya estamos a diez cuadras de la casa y todavía al paso, con la cabeza caída y resollando. Desanimados emprendemos la vuelta, llegamos para ver cómo los últimos restos de alimento se pierden en un revuelo de pelea.

Volvemos sin obstinarnos a la veranda. En el primer peldaño hay un pichón de mancuspia muriéndose. Lo alzamos, lo ponemos en un canasto con paja, quisiéramos saber qué tiene pero se muere con la muerte oscura de los animales. Y los candados estaban intactos, no se sabe cómo pudo escapar esta mancuspia, si su muerte es la escapatoria o si ha escapado porque se estaba muriendo. Le echamos diez glóbulos de *Nux vomica* en el pico, se quedan ahí como perlitas, ya no puede tragar. Desde donde estamos se ve a un macho caído sobre las manos; intenta alzarse con una sacudida, pero vuelve a caer como si rezara.

Nos parece oír gritos, tan cerca nuestro que miramos hasta debajo de las sillas de paja de la veranda; el doctor Harbín nos ha prevenido contra las reacciones animales que atacan de mañana, no habíamos pensado que pudiera ser una cefalea así. Dolor occipital, de tanto en tanto un grito: cuadro de *Apis*, dolores como picaduras de abejas. Doblamos la cabeza hacia atrás, o la hundimos contra la almohada (en algún momento hemos llegado a la cama). Sin sed, pero sudando; orina escasa, gritos penetrantes. Como magullados, sensibles al tacto; en un momento nos dimos la mano y fue terrible. Hasta que cesa, paulatina, dejándonos el temor de una repetición con variante animal, como ya una vez: tras de la abeja, el cuadro de la serpiente. Son las dos y media.

Preferimos completar estos informes mientras dura la luz y estamos bien. Uno de nosotros debería ir ahora al pueblo, si pasa la siesta se nos hará muy tarde para volver, y quedarnos solos toda la noche en la casa, quizá sin poder medicamentarnos... La siesta se estanca silenciosa, hace calor en las piezas, si vamos hasta la veranda nos rechaza el color de tiza de la tierra, los galpones, los tejados. Han muerto otras mancuspias pero el resto calla, sólo de cerca se las oiría jadear. Uno de nosotros cree que alcanzaremos a venderlas, que debemos ir al pueblo. El otro hace estos apuntes y ya no cree en mucho. Que pase el calor, que sea de noche. Salimos casi a las siete, todavía hay unos puñados de alimento en el galpón, sacudiendo las bolsas cae un polvillo de avena que juntamos preciosamente. Ellas lo olfatean y la agitación en las jaulas es violenta. No nos atrevemos a soltarlas, es mejor poner una cucharada de pasta en cada jaula, así parece que están más satisfechas, que es más justo. Ni siquiera sacamos las mancuspias muertas, no nos explicamos cómo hay diez jaulas vacías, cómo parte de las crías anda mezclada con los machos en el corral. Se ve apenas, ahora anochece de golpe y el Chango nos robó el farol a carburo.

Parece como si en el camino, contra el monte de sauces, hubiera gente. Sería el momento de llamar para que alguien fuese al pueblo; todavía hay tiempo. A veces pensamos si no nos espían, la gente es tan ignorante y nos tienen tan entre ojos. Preferimos no pensar y cerramos la puerta con delicia, replegados a la casa donde todo es más nuestro. Quisiéramos consultar los manuales para precavernos de un nuevo *Apis*, o del otro animal todavía peor; dejamos la cena y leemos en voz alta, casi sin oír. Algunas frases suben sobre las otras, y afuera es igual, algunas mancuspias aúllan más alto que el resto, perduran y repiten un ulular lancinante. «*Crotalus cascavella* tiene alucinaciones peculiares...». Uno de nosotros repite la mención, nos alegra comprender tan bien el latín, crótalo cascabel, pero es decir lo mismo porque cascabel equivale a crótalo. Quizá el manual no quiere impresionar a los enfermos comunes con la mención directa del animal. Y sin embargo lo nombra, esta terrible serpiente... «cuyo veneno actúa con espantosa intensidad». Tenemos que forzar la voz para oírnos entre el clamor de las mancuspias, otra vez las sentimos cerca de la casa, en los techos, rascando las ventanas, contra los dinteles. De alguna manera no es ya raro, por la tarde vimos tantas jaulas abiertas, pero la casa está cerrada y la luz en el comedor nos envuelve en una fría protección mientras nos ilustramos a gritos. Todo está claro en el manual, un lenguaje directo para enfermos sin prejuicios, la descripción del cuadro: cefalea y gran excitación, causadas por comenzar a dormir. (Pero por suerte no tenemos sueño). El cráneo comprime el cerebro como un casco de acero —bien dicho—. Algo viviente camina en círculo dentro de la cabeza. (Entonces la casa es nuestra cabeza, la sentimos rondada, cada ventana es una oreja contra el aullar de las mancuspias ahí afuera). Cabeza y pecho comprimidos por una armadura de hierro. Un hierro al rojo hundido en el vertex. No estamos seguros sobre el vertex, hace un momento que la luz vacila, cede poco a poco, nos olvidamos de poner en marcha el molino por la tarde. Cuando ya no se puede leer encendemos una vela junto al manual para terminar de enterarnos de los síntomas, es mejor saber por si más tarde —dolores lancinantes agudos en sien derecha, esta terrible serpiente cuyo veneno actúa con espantosa intensidad (ya leímos eso, es difícil alumbrar el manual con una vela), algo viviente camina en círculo dentro de la cabeza, también lo leímos y es así, algo viviente camina en círculo. No estamos inquietos, peor es afuera, si hay afuera. Por sobre el manual nos estamos mirando, y si uno de nosotros alude con un gesto al aullar que crece más y más, volvemos a la lectura como seguros de que todo eso está ahora ahí, donde algo viviente camina en círculo aullando contra las ventanas, contra los oídos, el aullar de las mancuspias muriéndose de hambre.

CAMELLO DECLARADO
INDESEABLE

Aceptan todas las solicitudes de paso de frontera, pero Guk, camello, inesperadamente declarado indeseable. Acude Guk a la central de policía donde le dicen nada que hacer, vuélvete al oasis, declarado indeseable inútil tramitar solicitud. Tristeza de Guk, retorno a las tierras de infancia. Y los camellos de familia, y los amigos, rodeándolo y qué te pasa, y no es posible, por qué precisamente tú. Entonces una delegación al Ministerio de Tránsito a apelar por Guk, con escándalo de funcionarios de carrera: esto no se ha visto jamás, ustedes se vuelven inmediatamente al oasis, se hará un sumario.

Guk en el oasis come pasto un día, pasto otro día. Todos los camellos han pasado la frontera.

Guk sigue esperando. Así se van el verano, el otoño. Luego Guk de vuelta a la ciudad, parando en una plaza vacía. Muy fotografiado por turistas, contestando reportajes. Vago prestigio de Guk en la plaza. Aprovechando busca salir, en la puerta todo cambia: declarado indeseable. Guk baja la cabeza, busca los ralos pastitos de la plaza. Un día lo llaman por el altavoz y entra feliz en la central. Allí es declarado indeseable. Guk vuelve al oasis y se acuesta. Come un poco de pasto, y después apoya el hocico en la arena. Va cerrando los ojos mientras se pone el sol. De su nariz brota una burbuja que dura un segundo más que él.

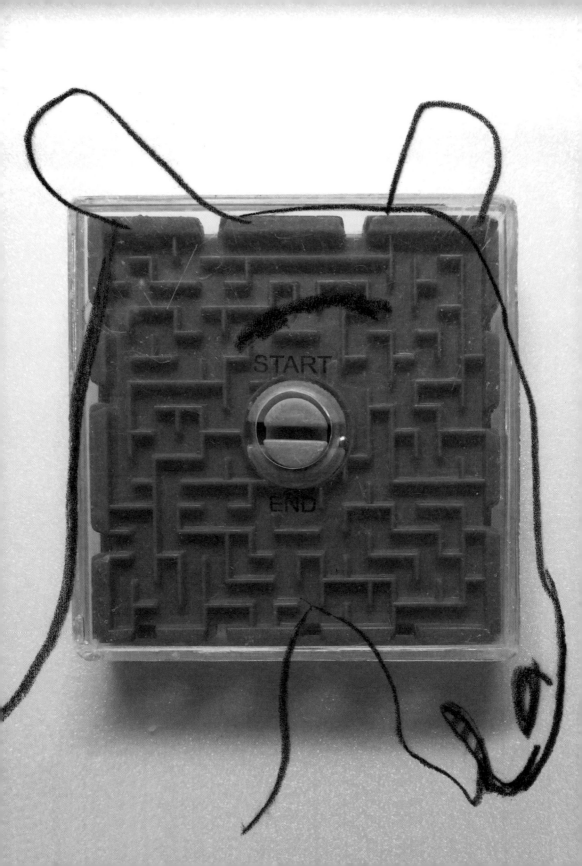

LOS VENENOS

El sábado tío Carlos llegó a mediodía con la máquina de matar hormigas. El día antes había dicho en la mesa que iba a traerla, y mi hermana y yo esperábamos la máquina imaginando que era enorme, que era terrible. Conocíamos bien las hormigas de Bánfield, las hormigas negras que se van comiendo todo, hacen los hormigueros en la tierra, en los zócalos, o en ese pedazo misterioso donde una casa se hunde en el suelo, allí hacen agujeros disimulados pero no pueden esconder su fila negra que va y viene trayendo pedacitos de hojas, y los pedacitos de hojas eran las plantas del jardín, por eso mamá y tío Carlos se habían decidido a comprar la máquina para acabar con las hormigas.

Me acuerdo que mi hermana vio venir a tío Carlos por la calle Rodríguez Peña, desde lejos lo vio venir en el tilbury de la estación, y entró corriendo por el callejón del costado gritando que tío Carlos traía la máquina. Yo estaba en los ligustros que daban a lo de Lila, hablando con Lila por el alambrado, contándole que por la tarde íbamos a probar la máquina, y Lila estaba interesada pero no mucho, porque a las chicas no les importan las máquinas y no les importan las hormigas, solamente le llamaba la atención que la máquina echaba humo y que eso iba a matar todas las hormigas de casa.

Al oír a mi hermana le dije a Lila que tenía que ir a ayudar a bajar la máquina, y corrí por el callejón con el grito de guerra de Sitting Bull, corriendo de una manera que había inventado en ese tiempo y que era correr sin doblar las rodillas, como pateando una pelota. Cansaba poco y era como un vuelo, aunque nunca como el sueño de volar que yo siempre tenía entonces, y que era recoger las piernas del suelo, y con apenas un movimiento de cintura volar a veinte centímetros del suelo, de una manera que no se puede contar por lo linda, volar por las calles largas, subiendo a veces un poco y otra vez al ras del suelo, con una sensación tan clara de estar despierto, aparte que en ese sueño la contra era que yo siempre soñaba que estaba despierto, que volaba de verdad, que antes lo había soñado pero esta vez iba de veras, y cuando me despertaba era como caerme al suelo, tan triste salir andando o corriendo pero siempre pesado, vuelta abajo a cada salto. Lo único un poco parecido era esta manera de correr que había inventado, con las zapatillas de goma Keds Champion con puntera daba la impresión del sueño, claro que no se podía comparar.

Mamá y abuelita ya estaban en la puerta hablando con tío Carlos y el cochero. Me arrimé despacio porque a veces me gustaba hacerme esperar, y con mi hermana miramos el bulto envuelto en papel madera y atado con mucho hilo sisal, que el cochero y tío Carlos bajaban a la vereda. Lo primero que pensé fue que era una parte de la máquina, pero en seguida vi que era la máquina completa, y me pareció tan chica que se me vino el alma a los pies. Lo mejor fue al entrarla, porque ayudando a tío Carlos me di cuenta de que la máquina pesaba mucho, y el peso me devolvió confianza. Yo mismo le saqué los piolines y el papel, porque mamá y tío Carlos tenían que abrir un paquete chico donde venía la lata del veneno, y de entrada ya nos anunciaron que eso no se tocaba y que más de cuatro habían muerto retorciéndose por tocar la lata. Mi hermana se fue a un rincón porque se le había acabado el interés por todo y un poco también por miedo, pero yo la miré a mamá y nos reímos, y todo aquel discurso era por mi hermana, a mí me iban a dejar manejar la máquina con veneno y todo.

No era linda, quiero decir que no era una máquina máquina, por lo menos con una rueda que da vueltas o un pito que echa un chorro de vapor. Parecía una estufa de fierro negro, con tres patas combadas, una puerta para el fuego, otra para el veneno y de arriba salía un tubo de metal flexible (como el cuerpo de los gusanos) donde después se enchufaba otro tubo de goma con un pico. A la hora del almuerzo mamá nos leyó el manual de instrucciones, y cada vez que llegaba a las partes del veneno todos la mirábamos a mi hermana, y abuelita le volvió a decir que en Flores tres niños habían muerto por tocar la lata. Ya habíamos visto la calavera en la tapa, y tío Carlos buscó una cuchara vieja y dijo que ésa sería para el veneno y que las cosas de la máquina las guardarían en el estante de arriba del cuarto de las herramientas. Afuera hacía calor porque empezaba enero, y la sandía estaba helada, con las semillas negras que me hacían pensar en las hormigas.

Después de la siesta, la de los grandes porque mi hermana leía el *Billiken* y yo clasificaba las estampillas en el patio cerrado, fuimos al jardín y tío Carlos puso la máquina en la rotonda de las hamacas donde siempre salían hormigueros. Abuelita preparó brasas de carbón para cargar la hornalla, y yo hice un barro lindísimo en una batea vieja, revolviendo con la cuchara de albañil. Mamá y mi hermana se sentaron en las sillas de paja para ver, y Lila miraba entre el ligustro hasta que le gritamos que viniera y dijo que la madre no la dejaba pero que lo mismo veía. Del otro lado del jardín ya se estaban asomando las de Negri, que eran unos casos y por eso no nos tratábamos. Les decían la Chola, la Ela y la Cufina, pobres. Eran buenas pero pavas, y no se podía jugar con ellas. Abuelita les tenía lástima pero mamá no las invitaba nunca a casa porque se armaban líos con mi hermana y conmigo. Las tres querían mandar la parada pero no sabían ni rayuela ni bolita ni vigilante y ladrón ni el barco hundido, y lo único que sabían era reírse como sonsas y hablar de tanta cosa que yo no sé a quién le podía interesar. El padre era concejal y tenían Orpington leonadas. Nosotros criábamos Rhode Island que es mejor ponedora.

La máquina parecía más grande por lo negra que se la veía entre el verde del jardín y los frutales. Tío Carlos la cargó con brasas, y mientras tomaba calor eligió un hormiguero y le puso el pico del tubo; yo eché barro alrededor y lo apisoné pero no muy fuerte, para impedir el desmoronamiento de las galerías como decía el manual. Entonces mi tío abrió la puerta para el veneno y trajo la lata y la cuchara. El veneno era violeta, un color precioso, y había que echar una cucharada grande y cerrar en seguida la puerta. Apenas la habíamos echado se oyó como un bufido y la máquina empezó a trabajar. Era estupendo, todo alrededor del pico salía un humo blanco, y había que echar más barro y aplastarlo con las manos. «Van a morir todas», dijo mi tío que estaba muy contento con el funcionamiento de la máquina, y yo me puse al lado de él con las manos llenas de barro hasta los codos, y se veía que era un trabajo para que lo hicieran los hombres.

—¿Cuánto tiempo hay que fumigar cada hormiguero? —preguntó mamá.

—Por lo menos media hora —dijo mi tío Carlos—. Algunos son larguísimos, más de lo que se cree.

Yo entendía que quería decir dos o tres metros, porque había tantos hormigueros en casa que no podía ser que fueran demasiado largos. Pero justo en ese momento oímos que la Cufina empezaba a chillar con esa voz que tenía que la escuchaban desde la estación, y toda la familia Negri vino al jardín diciendo que de un cantero de lechuga salía humo. Al principio yo no lo quería creer pero era cierto, porque en el mismo momento Lila me avisó desde los ligustros que en su casa también salía humo al lado de un duraznero, y tío Carlos se quedó pensando y después fue hasta el alambrado de los Negri y le pidió a la Chola que era la menos haragana que echara barro donde salía humo, y yo salté a lo de Lila y taponé el hormiguero. Ahora salía humo en otras partes de casa, en el gallinero, más atrás de la puerta blanca, y al pie de la pared del costado. Mamá y mi hermana ayudaban a poner barro, era formidable pensar que por debajo de la tierra andaba tanto humo buscando salir, y que entre ese humo las hormigas estaban rabiando y retorciéndose como los tres niños de Flores.

Esa tarde trabajamos hasta la noche, y a mi hermana la mandaron a preguntar si en las casas de otros vecinos salía humo. Cuando apenas quedaba luz la máquina se apagó, y al sacar el pico del hormiguero yo cavé un poco con la cuchara de albañil y toda la cueva estaba llena de hormigas muertas y tenía un color violeta que olía a azufre. Eché barro encima como en los entierros, y calculé que habrían muerto unas cinco mil hormigas por lo menos. Ya todos se habían ido adentro porque era hora de bañarse y tender la mesa, pero tío Carlos y yo nos quedamos a repasar la máquina y a guardarla. Le pregunté si podía llevar las cosas al cuarto de las herramientas y dijo que sí. Por las dudas me enjuagué las manos después de tocar la lata y la cuchara, y eso que la cuchara la habíamos limpiado antes.

Al otro día fue domingo y vino mi tía Rosa con mis primos, y fue un día en que jugamos todo el tiempo al vigilante y al ladrón con mi hermana y con Lila que tenía permiso de la madre. A la noche tía Rosa le dijo a mamá si mi primo Hugo podía quedarse a pasar toda la semana en Bánfield porque estaba un poco débil de la pleuresía y necesitaba sol. Mamá dijo que sí y todos estábamos contentos. A Hugo le hicieron una cama en mi pieza, y el lunes fue la sirvienta a traer su ropa para la semana. Nos bañábamos juntos y Hugo sabía más cuentos que yo, pero no saltaba tan lejos. Se veía que era de Buenos Aires, con la ropa venían dos libros de Salgari y uno de botánica, porque tenía que preparar el ingreso a primer año. Dentro del libro venía una pluma de pavo real, la primera que yo veía, y él la usaba como señalador. Era verde con un ojo violeta y azul, toda salpicada de oro. Mi hermana se la pidió pero Hugo le dijo que no porque se la había regalado la madre. Ni siquiera se la dejó tocar, pero a mí sí porque me tenía confianza y yo la agarraba del canuto.

Los primeros días, como tío Carlos trabajaba en la oficina no volvimos a encender la máquina, aunque yo le había dicho a mamá que si ella quería yo la podía hacer andar. Mamá dijo que mejor esperáramos al sábado, que total no había muchos almácigos esa semana y que no se veían tantas hormigas como antes.

—Hay unas cinco mil menos —le dije yo, y ella se reía pero me dio la razón. Casi mejor que no me dejara encender la máquina, así Hugo no se metía, porque era de esos que todo lo saben y abren las puertas para mirar adentro. Sobre todo con el veneno mejor que no me ayudara.

A la siesta nos mandaban quedarnos quietos, porque tenían miedo de la insolación. Mi hermana desde que Hugo jugaba conmigo venía todo el tiempo con nosotros, y siempre quería jugar de compañera con Hugo. A las bolitas yo les ganaba a los dos, pero al balero Hugo no sé cómo se las sabía todas y me ganaba. Mi hermana lo elogiaba todo el tiempo y yo me daba cuenta que lo buscaba para novio, era cosa de decírselo a mamá para que le plantara un par de bifes, solamente que no se me ocurría cómo decírselo a mamá, total no hacían nada malo. Hugo se reía de ella pero disimulando, y yo en esos momentos lo hubiera abrazado, pero era siempre cuando estábamos jugando y había que ganar o perder pero nada de abrazos.

La siesta duraba de dos a cinco, y era la mejor hora para estar tranquilos y hacer lo que uno quería. Con Hugo revisábamos las estampillas y yo le daba las repetidas, le enseñaba a clasificarlas por países, y él pensaba al otro año tener una colección como la mía pero solamente de América. Se iba a perder las de Camerún, que son con animales, pero él decía que así las colecciones son más importantes. Mi hermana le daba la razón y eso que no sabía si una estampilla estaba del derecho o del revés, pero era para llevarme la contra. En cambio Lila que venía a eso de las tres, saltando por los ligustros, estaba de mi parte y le gustaban las estampillas de Europa. Una vez yo le había dado a Lila un sobre con todas estampillas diferentes, y ella siempre me lo recordaba y decía que el padre la iba a ayudar en la colección pero que la madre pensaba que eso no era de chicas y tenía microbios, y el sobre estaba guardado en el aparador.

Para que no se enojaran en casa con el ruido cuando llegaba Lila nos íbamos al fondo y nos tirábamos debajo de los frutales. Las de Negri también andaban por el jardín de ellas, y yo sabía que las tres estaban locas con Hugo y se hablaban a gritos y siempre por la nariz, y la Cufina sobre todo se la pasaba preguntando: «¿Y dónde está el costurero con los hilos?» y la Ela le contestaba no sé qué, entonces se peleaban pero a propósito para llamar la atención, y menos mal que de ese lado los ligustros eran tupidos y no se veía mucho. Con Lila nos moríamos de risa al oírlas, y Hugo se tapaba la nariz y decía: «¿Y dónde está la pavita para el mate?». Entonces la Chola que era la mayor decía: «¿Vieron chicas cuántos groseros hay este año?», y nosotros nos metíamos pasto en la boca para no reírnos fuerte, porque lo bueno era dejarlas con las ganas y no seguírsela, así después cuando nos oían jugar a la mancha rabiaban mucho más y al final se peleaban entre ellas hasta que salía la tía y las mechoneaba y las tres se iban adentro llorando.

A mí me gustaba tener de compañera a Lila en los juegos, porque entre hermanos a uno no le gusta jugar si hay otros, y mi hermana lo buscaba en seguida a Hugo de compañero. Lila y yo le ganábamos a las bolitas, pero a Hugo le gustaba más el vigilante y ladrón y la escondida, siempre había que hacerle caso y jugar a eso, pero también era formidable, solamente que no podíamos gritar y los juegos así sin gritos no valen tanto. A la escondida casi siempre me tocaba contar a mí, no sé por qué me engañaban vuelta a vuelta, y piedra libre uno detrás de otro. A las cinco salía abuelita y nos retaba porque estábamos sudados y habíamos tomado demasiado sol, pero nosotros la hacíamos reír y le dábamos besos, hasta Hugo y Lila que no eran de casa. Yo me fijé en esos días que abuelita iba siempre a mirar al estante de las herramientas, y me di cuenta que tenía miedo de que anduviéramos hurgando con las cosas de la máquina. Pero a nadie se le iba a ocurrir una pavada así, con lo de los tres niños de Flores y encima la paliza que nos iban a dar.

A ratos me gustaba quedarme solo, y en esos momentos ni siquiera quería que estuviera Lila. Sobre todo al caer la tarde, un rato antes que abuelita saliera con su batón blanco y se pusiera a regar el jardín. A esa hora la tierra ya no estaba tan caliente, pero las madreselvas olían mucho y también los canteros de tomates donde había canaletas para el agua y bichos distintos que en otras partes. Me gustaba tirarme boca abajo y oler la tierra, sentirla debajo de mí, caliente con su olor a verano tan distinto de otras veces. Pensaba en muchas cosas, pero sobre todo en las hormigas, ahora que había visto lo que eran los hormigueros me quedaba pensando en las galerías que cruzaban por todos lados y que nadie veía. Como las venas en mis piernas, que

apenas se distinguían debajo de la piel, pero llenas de hormigas y misterios
que iban y venían. Si uno comía un poco de veneno, en realidad venía a ser
lo mismo que el humo de la máquina, el veneno andaba por las venas del
cuerpo igual que el humo en la tierra, no había mucha diferencia.

Después de un rato me cansaba de estar solo y estudiar los bichos de los
tomates. Iba a la puerta blanca, tomaba impulso y me largaba a la carrera
como Buffalo Bill, y al llegar al cantero de las lechugas lo saltaba limpio y
ni tocaba el borde de gramilla. Con Hugo tirábamos al blanco con la diana
de aire comprimido, o jugábamos en las hamacas cuando mi hermana o a
veces Lila salían de bañarse y venían a las hamacas con ropa limpia. También
Hugo y yo nos íbamos a bañar, y a última hora salíamos todos a la vereda, o
mi hermana tocaba el piano en la sala y nosotros nos sentábamos en la ba-
laustrada y veíamos volver a la gente del trabajo hasta que llegaba tío Carlos y
todos lo íbamos a saludar y de paso a ver si traía algún paquete con hilo rosa
o el *Billiken*. Justamente una de esas veces al correr a la puerta fue cuando
Lila se tropezó en una laja y se lastimó la rodilla. Pobre Lila, no quería llorar
pero le saltaban las lágrimas y yo pensaba en la madre que era tan severa y
le diría machona y de todo cuando la viera lastimada. Hugo y yo hicimos la
sillita de oro y la llevamos del lado de la puerta blanca mientras mi hermana
iba a escondidas a buscar un trapo y alcohol. Hugo se hacía el comedido y
quería curarla a Lila, lo mismo mi hermana para estar con Hugo, pero yo los
saqué a empujones y le dije a Lila que aguantara nada más que un segundo, y
que si quería cerrara los ojos. Pero ella no quiso y mientras yo le pasaba el alcohol ella lo miraba fijo a Hugo como para mostrarle lo valiente que era. Yo
le soplé fuerte en la lastimadura y con la venda quedó muy bien y no le dolía.

—Mejor andate en seguida a tu casa —le dijo mi hermana—, así tu
mamá no se cabrea.

Después que se fue Lila yo me empecé a aburrir con Hugo y mi herma-na que hablaban de orquestas típicas, y Hugo había visto a De Caro en un cine y silbaba tangos para que mi hermana los sacara en el piano. Me fui a mi cuarto a buscar el álbum de las estampillas, y todo el tiempo pensaba que la madre la iba a retar a Lila y que a lo mejor estaba llorando o que se le iba a in-fectar la matadura como pasa tantas veces. Era increíble lo valiente que había sido Lila con el alcohol, y cómo lo miraba a Hugo sin llorar ni bajar la vista.

En la mesa de luz estaba la botánica de Hugo, y asomaba el canuto de la pluma de pavo real. Como él me la dejaba mirar la saqué con cuidado y me puse al lado de la lámpara para verla bien. Yo creo que no había ninguna pluma más linda que ésa. Parecía las manchas que se hacen en el agua de los charcos, pero no se podía comparar, era muchísimo más linda, de un verde brillante como esos bichos que viven en los damascos y tienen dos antenas largas con una bolita peluda en cada punta. En medio de la parte más ancha y más verde se abría un ojo azul y violeta, todo salpicado de oro, algo como no se ha visto nunca. Yo de golpe me daba cuenta por qué se llamaba pavo real, y cuanto más la miraba más pensaba en cosas raras, como en las nove-las, y al final la tuve que dejar porque se la hubiese robado a Hugo y eso no podía ser. A lo mejor Lila estaba pensando en nosotros, sola en su casa (que era oscura y con sus padres tan severos) cuando yo me divertía con la pluma y las estampillas. Mejor guardar todo y pensar en la pobre Lila tan valiente.

Por la noche me costó dormirme, no sé por qué. Se me había metido en la cabeza que Lila no estaba bien y que tenía fiebre. Me hubiera gustado pedirle a mamá que fuera a preguntarle a la madre pero no se podía, primero con Hugo que se iba a reír, y después que mamá se enojaría si se enteraba de la lastimadu-ra y que no le habíamos avisado. Me quise dormir tantas veces pero no podía, y al final pensé que lo mejor era ir por la mañana a lo de Lila y ver cómo estaba, o llamar por el ligustro. Al final me dormí pensando en Lila y Buffalo Bill y también en la máquina de las hormigas, pero sobre todo en Lila.

Al otro día me levanté antes que nadie y me fui a mi jardín, que estaba cerca de las glicinas. Mi jardín era un cantero nada más que mío, que abuelita me había dado para que yo hiciese lo que quisiera. Una vez planté alpiste, después batatas, pero ahora me gustaban las flores y sobre todo mi jazmín del Cabo, que es el de olor más fuerte sobre todo de noche, y mamá siempre decía que mi jazmín era el más lindo de la casa. Con la pala fui cavando despacio alrededor del jazmín, que era lo mejor que yo tenía, y al final lo saqué con toda la tierra pegada a la raíz. Así fui a llamarla a Lila que también estaba levantada y no tenía casi nada en la rodilla.

—¿Hugo se va mañana? —me preguntó, y le dije que sí, porque tenía que seguir estudiando en Buenos Aires el ingreso a primer año. Le dije a Lila que le traía una cosa y ella me preguntó qué era, y entonces por entre el ligustro le mostré mi jazmín y le dije que se lo regalaba y que si quería la iba a ayudar a hacerse un jardín para ella sola. Lila dijo que el jazmín era muy lindo, y le pidió permiso a la madre y yo salté el ligustro para ayudarla a plantarlo. Elegimos un cantero chico, arrancamos unos crisantemos medio secos que había, y yo me puse a puntear la tierra, a darle otra forma al cantero, y después Lila me dijo dónde le gustaba que estuviera el jazmín, que era en el mismo medio. Yo lo planté, regamos con la regadera y el jardín quedó muy bien. Ahora yo tenía que conseguir un poco de gramilla, pero no había apuro. Lila estaba muy contenta y no le dolía nada la lastimadura. Quería que Hugo y mi hermana vieran en seguida lo que habíamos hecho, y yo los fui a buscar justo cuando mamá me llamaba para el café con leche. Las de Negri andaban peleándose en el jardín, y la Cufina chillaba como siempre. No sé cómo podían pelearse con una mañana tan linda.

El sábado por la tarde Hugo se tenía que volver a Buenos Aires y yo dentro de todo me alegré, porque tío Carlos no quería encender la máquina ese día y lo dejó para el domingo. Mejor que estuviéramos él y yo solamente, no fuera la mala pata que Hugo se saliera envenenando o cualquier cosa. Esa tarde lo extrañé un poco porque ya me había acostumbrado a tenerlo en mi cuarto, y sabía tantos cuentos y aventuras de memoria. Pero peor era mi hermana que andaba por toda la casa como sonámbula, y cuando mamá le preguntó qué le pasaba dijo que nada, pero ponía una cara que mamá se quedó mirándola y al final se fue diciendo que algunas se creían más grandes de lo que eran y eso que ni sonarse solas sabían. Yo encontraba que mi hermana se portaba como una estúpida, sobre todo cuando la vi que con tiza de colores escribía en el pizarrón del patio el nombre de Hugo, lo borraba y lo escribía de nuevo, siempre con otros colores y otras letras, mirándome de reojo, y después hizo un corazón con una flecha y yo me fui para no pegarle un par de bifes o ir a decírselo a mamá. Para peor esa tarde Lila se había vuelto a su casa temprano, diciendo que la madre no la dejaba quedarse por culpa de la lastimadura. Hugo le dijo que a las cinco venían a buscarlo de Buenos Aires, y que por qué no se quedaba hasta que él se fuera, pero Lila dijo que no podía y se fue corriendo y sin saludar. Por eso cuando lo vinieron a buscar, Hugo tuvo que ir a despedirse de Lila y la madre, y después se despidió de nosotros y se fue muy contento diciendo que volvería al otro fin de semana. Esa noche yo me sentí un poco solo en mi cuarto, pero por otro lado era una ventaja sentir que todo era de nuevo mío, y que podía apagar la luz cuando me daba la gana.

El domingo al levantarme oí que mamá hablaba por el alambrado con el señor Negri. Me acerqué a decir buen día y el señor Negri estaba diciéndole a mamá que en el cantero de las lechugas donde salía el humo el día que probamos la máquina, todas las lechugas se estaban marchitando. Mamá le dijo que era muy raro porque en el prospecto de la máquina decía que el humo no era dañino para las plantas, y el señor Negri le contestó que no hay que fiarse de los prospectos, que lo mismo es con los remedios que cuando uno lee el prospecto se va a curar de todo y después a lo mejor acaba entre cuatro velas. Mamá le dijo que podía ser que alguna de las chicas hubiera echado agua de jabón en el cantero sin querer (pero yo me di cuenta que mamá quería decir a propósito, de chusmas que eran y para buscar pelea) y entonces el señor Negri dijo que iba a averiguar pero que en realidad si la máquina mataba las plantas no se veía la ventaja de tomarse tanto trabajo. Mamá le dijo que no iba a comparar unas lechugas de mala muerte con el estrago que hacen las hormigas en los jardines, y que por la tarde la íbamos a encender, y si veían humo que avisaran que nosotros iríamos a tapar los hormigueros para que ellos no se molestaran. Abuelita me llamó para tomar el café y no sé qué más se dijeron, pero yo estaba entusiasmado pensando que otra vez íbamos a combatir las hormigas, y me pasé la mañana leyendo Raffles aunque no me gustaba tanto como Buffalo Bill y otras novelas.

A mi hermana se le había pasado la loca y andaba cantando por toda la casa, en una de esas le dio por pintar con los lápices de colores y vino adonde yo estaba, y antes de darme cuenta ya había metido la nariz en lo que yo hacía, y justo por casualidad yo acababa de escribir mi nombre, que me gustaba escribirlo en todas partes, y el de Lila que por pura casualidad había escrito al lado del mío. Cerré el libro pero ella ya había leído y se puso a reír a carcajadas y me miraba como con lástima, y yo me le fui encima pero ella chilló y oí que mamá se acercaba, entonces me fui al jardín con toda la rabia. En el almuerzo ella me estuvo mirando con burla todo el tiempo, y me hubiera encantado pegarle una patada por debajo de la mesa, pero era capaz de ponerse a gritar y a la tarde íbamos a encender la máquina, así que me aguanté y no dije nada. A la hora de la siesta me trepé al sauce a leer y a pensar, y cuando a las cuatro y media salió tío Carlos de dormir, cebamos mate y después preparamos la máquina, y yo hice dos palanganas de barro. Las mujeres estaban adentro y hacía calor, sobre todo al lado de la máquina que era de carbón, pero el mate es bueno para eso si se toma amargo y muy caliente.

Habíamos elegido la parte del fondo del jardín cerca de los gallineros, porque parecía que las hormigas se estaban refugiando en esa parte y hacían mucho estrago en los almácigos. Apenas pusimos el pico en el hormiguero más grande empezó a salir humo por todas partes, y hasta por entre los ladrillos del piso del gallinero salía. Yo iba de un lado a otro taponando la tierra, y me gustaba echar el barro encima y aplastarlo con las manos hasta que dejaba de salir el humo. Tío Carlos se asomó al alambrado de las de Negri y le preguntó a la Chola, que era la menos sonsa, si no salía humo en su jardín, y la Cufina armaba gran revuelo y andaba por todas partes mirando porque a tío Carlos le tenían mucho respeto, pero no salía humo del lado de ellas. En cambio oí que Lila me llamaba y fui corriendo al ligustro y la vi que estaba con su vestido de lunares anaranjados que era el que más me gustaba, y la rodilla vendada. Me gritó que salía humo de su jardín, el que era solamente suyo, y yo ya estaba saltando el alambrado con una de las palanganas de barro mientras Lila me decía afligida que al ir a ver su jardín había oído que hablábamos con las de Negri y que entonces justo al lado de donde habíamos plantado el jazmín empezaba a salir humo. Yo estaba arrodillado echando barro con todas mis fuerzas. Era muy peligroso para el jazmín recién trasplantado y ahora con el veneno tan cerca, aunque el manual decía que no. Pensé si no podría cortar la galería de las hormigas unos metros antes del cantero, pero antes de nada eché el barro y taponé la salida lo mejor que pude. Lila se había sentado a la sombra con un libro y me miraba trabajar. Me gustaba que me estuviera mirando, y puse tanto barro que seguro por ahí no iba a salir más humo. Después me acerqué a preguntarle dónde había una pala para ver de cortar la galería antes que llegara al jazmín con todo el veneno. Lila se levantó y fue a buscar la pala, y como tardaba yo me puse a mirar el libro que era de cuentos con figuras, y me quedé asombrado al ver que Lila también tenía una pluma de pavo real preciosa en el libro, y que nunca me había dicho nada. Tío Carlos me estaba llamando para que taponara otros agujeros, pero yo me quedé mirando la pluma que no podía ser la de Hugo pero era tan idéntica que parecía del mismo pavo real, verde con el ojo violeta y azul, y las manchitas de oro. Cuando Lila vino con la pala le pregunté de dónde había sacado la pluma, y pensaba contarle que Hugo tenía una idéntica. Casi no me di cuenta de lo que me decía cuando se puso muy colorada y contestó que Hugo se la había regalado al ir a despedirse.

—Me dijo que en su casa hay muchas —agregó como disculpándose pero no me miraba, y tío Carlos me llamó más fuerte del otro lado de los ligustros y yo tiré la pala que me había dado Lila y me volví al alambrado, aunque Lila me llamaba y me decía que otra vez estaba saliendo humo en su jardín. Salté el alambrado y desde casa por entre los ligustros la miré a Lila que estaba llorando con el libro en la mano y la pluma que asomaba apenas, y vi que el humo salía ahora al lado mismo del jazmín, todo el veneno mezclándose con las raíces. Fui hasta la máquina aprovechando que tío Carlos hablaba de nuevo con las de Negri, abrí la lata del veneno y eché dos, tres cucharadas llenas en la máquina y la cerré; así el humo invadía bien los hormigueros y mataba todas las hormigas, no dejaba ni una hormiga viva en el jardín de casa.

LOS POSATIGRES

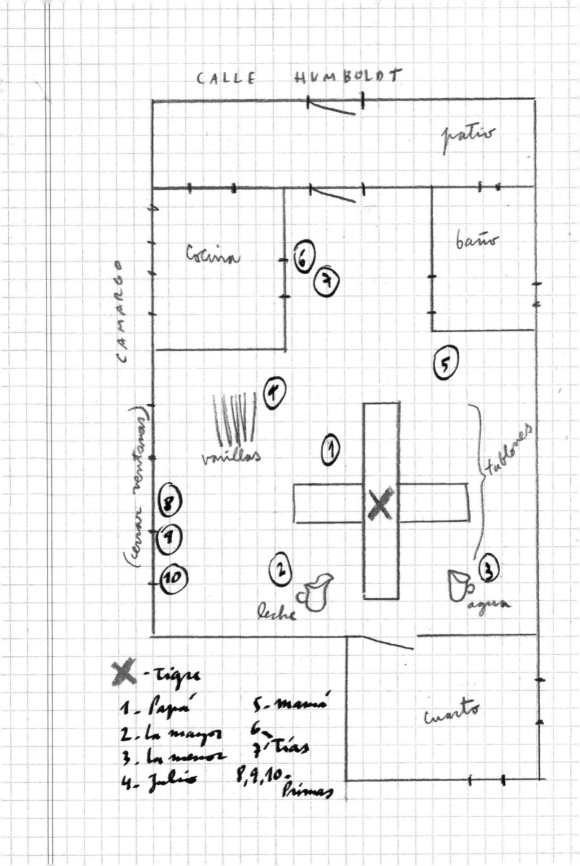

Mucho antes de llevar nuestra idea a la práctica sabíamos que el posado de los tigres planteaba un doble problema, sentimental y moral. El primero no se refería tanto al posado como al tigre mismo, en la medida en que a estos felinos no les agrada que los posen y acuden a todas sus energías, que son enormes, para resistirse. ¿Cabía en esas circunstancias arrostrar la idiosincrasia de dichos animales? Pero la pregunta nos trasladaba al plano moral, donde toda acción puede ser causa o efecto de esplendor o de infamia. De noche, en nuestra casita de la calle Humboldt, meditábamos frente a los tazones de arroz con leche, olvidados de rociarlos con canela y azúcar. No estábamos verdaderamente seguros de poder posar un tigre, y nos dolía.

Se decidió por último que posaríamos uno, al solo efecto de ver jugar el mecanismo en toda su complejidad, y que más tarde evaluaríamos los resultados. No hablaré aquí de la obtención del primer tigre: fue un trabajo sutil y penoso, un correr por consulados y droguerías, una complicada urdimbre de billetes, cartas por avión y trabajo de diccionario. Una noche mis primos llegaron cubiertos de tintura de yodo: era el éxito. Bebimos tanto nebiolo que mi hermana la menor acabó destendiendo la mesa con el rastrillo. En esa época éramos más jóvenes.

Ahora que el experimento ha dado los resultados que conocemos, puedo facilitar detalles del posado. Quizá lo más difícil sea todo lo que se refiere al ambiente, pues se requiere una habitación con el mínimo de muebles, cosa rara en la calle Humboldt. En el centro se coloca el dispositivo: dos tablones cruzados, un juego de varillas elásticas y algunas jarras de barro con leche y agua. Posar el tigre no es demasiado difícil, aunque puede ocurrir que la operación fracase y haya que repetirla; la verdadera dificultad empieza en el momento en que, ya posado, el tigre recobra la libertad y opta —de múltiples maneras posibles— por ejercitarla. En esa etapa, que llamaré intermedia, las reacciones de mi familia son fundamentales; todo depende de cómo se conduzcan mis hermanas, de la habilidad con que mi padre vuelva a posar el tigre, utilizándolo al máximo como un alfarero su arcilla. La menor falla sería la catástrofe, los fusibles quemados, la leche por el suelo, el horror de unos ojos fosforescentes rayando las tinieblas, los chorros tibios a cada zarpazo; me resisto a imaginarlo siquiera, puesto que hasta ahora hemos posado el tigre sin consecuencias peligrosas. Tanto el dispositivo como las diferentes funciones que debemos desempeñar todos, desde el tigre hasta mis primos segundos, parecen eficaces y se articulan armoniosamente. Para nosotros el hecho en sí de posar el tigre no es importante, sino que la ceremonia se cumpla hasta el final sin transgresión. Es preciso que el tigre acepte ser posado, o lo que sea de manera tal que su aceptación o su rechazo carezcan de importancia. En los instantes que uno sentiría la tentación de llamar cruciales —quizá por los dos tablones, quizá por mero lugar común—, la familia se siente poseída de una exaltación extraordinaria; mi madre no disimula las lágrimas y mis primas carnales tejen y destejen convulsivamente los dedos. Posar el tigre tiene algo de total encuentro, de alineación frente a un absoluto; el equilibrio depende de tan poco y lo pagamos a un precio tan alto, que los breves instantes que siguen al posado y que deciden de su perfección nos arrebatan como de nosotros mismos, arrasan con la tigredad y la humanidad en un solo movimiento inmóvil que es vértigo, pausa y arribo. No hay tigre, no hay familia, no hay posado. Imposible saber lo que hay; un temblor que no es de esta carne, un tiempo central, una columna de contacto. Y después salimos todos al patio cubierto, y nuestras tías traen la sopa como si algo cantara, como si fuéramos a un bautizo.

DEL NATURAL

AGOSTO 1962
Julio

CIRCE

And one kiss I had of her mouth, as I took the apple from her hand.
But while I bit it, my brain whirled and my foot stumbled; and I felt my
crashing fall through the tangled boughs beneath her feet and saw the dead
white faces that welcomed me in the pit.

DANTE GABRIEL ROSSETTI, *The Orchard-Pit*

Porque ya no ha de importarle, pero esa vez le dolió la coincidencia de los chismes entrecortados, la cara servil de Madre Celeste contándole a tía Bebé, la incrédula desazón en el gesto de su padre. Primero fue la de la casa de altos, su manera vacuna de girar despacio la cabeza, rumiando las palabras con delicia de bolo vegetal. Y también la chica de la farmacia —«no porque yo lo crea, pero si fuese verdad qué horrible»— y hasta don Emilio, siempre discreto como sus lápices y sus libretas de hule. Todos hablaban de Delia Mañara con un resto de pudor, nada seguros de que pudiera ser así, pero en Mario se abría paso a puerta limpia un aire de rabia subiéndole a la cara. Odió de improviso a su familia con un ineficaz estallido de independencia.

No los había querido nunca, sólo la sangre y el miedo a estar solo lo ataban a su madre y a los hermanos. Con los vecinos fue directo y brutal, a don Emilio lo puteó de arriba abajo la primera vez que se repitieron los comentarios. A la de la casa de altos le negó el saludo como si eso pudiera afligirla. Y cuando volvía del trabajo entraba ostensiblemente para saludar a los Mañara y acercarse —a veces con caramelos o un libro— a la muchacha que había matado a sus dos novios.

Yo me acuerdo mal de Delia, pero era fina y rubia, demasiado lenta en sus gestos (yo tenía doce años, el tiempo y las cosas son lentos entonces) y usaba vestidos claros con faldas de vuelo libre. Mario creyó un tiempo que la gracia de Delia y sus vestidos apoyaban el odio de la gente. Se lo dijo a Madre Celeste: «La odian porque no es chusma como ustedes, como yo mismo», y ni parpadeó cuando su madre hizo ademán de cruzarle la cara con una toalla. Después de eso fue la ruptura manifiesta; lo dejaban solo, le lavaban la ropa como por favor, los domingos se iban a Palermo o de picnic sin siquiera avisarle. Entonces Mario se acercaba a la ventana de Delia y le tiraba una piedrita. A veces ella salía, a veces la escuchaba reírse adentro, un poco malvadamente y sin darle esperanzas.

Vino la pelea Firpo-Dempsey y en cada casa se lloró y hubo indignaciones brutales, seguidas de una humillada melancolía casi colonial. Los Mañara se mudaron a cuatro cuadras y eso hace mucho en Almagro, de manera que otros vecinos empezaron a tratar a Delia, las familias de Victoria y Castro Barros se olvidaron del caso y Mario siguió viéndola dos veces por semana cuando volvía del banco. Era ya verano y Delia quería salir a veces, iban juntos a las confiterías de Rivadavia o a sentarse en Plaza Once. Mario cumplió diecinueve años, Delia vio llegar sin fiestas —todavía estaba de negro— los veintidós.

Los Mañara encontraban injustificado el luto por un novio, hasta Mario hubiera preferido un dolor sólo por dentro. Era penoso presenciar la sonrisa velada de Delia cuando se ponía el sombrero ante el espejo, tan rubia sobre el luto. Se dejaba adorar vagamente por Mario y los Mañara, se dejaba pasear y comprar cosas, volver con la última luz y recibir los domingos por la tarde. A veces salía sola hasta el antiguo barrio, donde Héctor la había festejado. Madre Celeste la vio pasar una tarde y cerró con ostensible desprecio las persianas. Un gato seguía a Delia, todos los animales se mostraban siempre sometidos a Delia, no se sabía si era cariño o dominación, le andaban cerca sin que ella los mirara. Mario notó una vez que un perro se apartaba cuando Delia iba a acariciarlo. Ella lo llamó (era en el Once, de tarde) y el perro vino manso, tal vez contento, hasta sus dedos. La madre decía que Delia había jugado con arañas cuando chiquita. Todos se asombraban, hasta Mario que les tenía poco miedo. Y las mariposas venían a su pelo —Mario vio dos en una sola tarde, en San Isidro—, pero Delia las ahuyentaba con un gesto liviano. Héctor le había regalado un conejo blanco, que murió pronto, antes que Héctor. Pero Héctor se tiró en Puerto Nuevo, un domingo de madrugada. Fue entonces cuando Mario oyó los primeros chismes. La muerte de Rolo Médicis no había interesado a nadie desde que medio mundo se muere de un síncope. Cuando Héctor se suicidó los vecinos vieron demasiadas coincidencias, en Mario renacía la cara servil de Madre Celeste contándole a tía Bebé, la incrédula desazón en el gesto de su padre. Para colmo fractura del cráneo, porque Rolo cayó de una pieza al salir del zaguán de los Mañara, y aunque ya estaba muerto el golpe brutal contra el escalón fue otro feo detalle. Delia se había quedado adentro, raro que no se despidiera en la misma puerta, pero de todos modos estaba cerca de él y fue la primera en gritar. En cambio Héctor murió solo, en una noche de helada blanca, a las cinco horas de haber salido de casa de Delia como todos los sábados.

Yo me acuerdo mal de Mario, pero dicen que hacía linda pareja con Delia. Aunque ella estaba todavía con el luto por Héctor (nunca se puso luto por Rolo, vaya a saber el capricho), aceptaba la compañía de Mario para pasear por Almagro o ir al cine. Hasta ese entonces Mario se había sentido fuera de Delia, de su vida, hasta de la casa. Era siempre una «visita», y entre nosotros la palabra tiene un sentido exacto y divisorio. Cuando la tomaba del brazo para cruzar la calle, o al subir la escalera de la estación Medrano, miraba a veces su mano apretada contra la seda negra del vestido de Delia. Medía ese blanco sobre negro, esa distancia. Pero Delia se acercaría cuando volviera al gris, a los claros sombreros para el domingo de mañana.

Ahora que los chismes no eran un artificio absoluto, lo miserable para Mario estaba en que anexaban episodios indiferentes para darles un sentido. Mucha gente muere en Buenos Aires de ataques cardíacos o asfixia por inmersión. Muchos conejos languidecen y mueren en las casas, en los patios. Muchos perros rehúyen o aceptan las caricias. Las pocas líneas que Héctor dejó a su madre, los sollozos que la de la casa de altos dijo haber oído en el zaguán de los Mañara la noche en que murió Rolo (pero antes del golpe), el rostro de Delia los primeros días... La gente pone tanta inteligencia en esas cosas, y cómo de tantos nudos agregándose nace al final el trozo de tapiz —Mario vería a veces el tapiz, con asco, con terror, cuando el insomnio entraba en su piecita para ganarle la noche.

«Perdoname mi muerte, es imposible que entiendas pero perdoname, mamá». Un papelito arrancado al borde de *Crítica*, apretado con una piedra al lado del saco que quedó como un mojón para el primer marinero de la madrugada. Hasta esa noche había sido tan feliz, claro que lo habían visto raro las últimas semanas; no raro, mejor distraído, mirando el aire como si viera cosas. Igual que si tratara de escribir algo en el aire, descifrar un enigma. Todos los muchachos del café Rubí estaban de acuerdo. Mientras que Rolo no, le falló el corazón de golpe. Rolo era un muchacho solo y tranquilo, con plata y un Chevrolet doble faetón, de manera que pocos lo habían confrontado en ese tiempo final. En los zaguanes las cosas resuenan tanto, la de la casa de altos sostuvo días y días que el llanto de Rolo había sido como un alarido sofocado, un grito entre las manos que quieren ahogarlo y lo van cortando en pedazos. Y casi en seguida el golpe atroz de la cabeza contra el escalón, la carrera de Delia clamando, el revuelo ya inútil.

Sin darse cuenta, Mario juntaba pedazos de episodios, se descubría urdiendo explicaciones paralelas al ataque de los vecinos. Nunca preguntó a Delia, esperaba vagamente algo de ella. A veces pensaba si Delia sabría exactamente lo que se murmuraba. Hasta los Mañara eran raros, con su manera de aludir a Rolo y a Héctor sin violencia, como si estuviesen de viaje. Delia callaba protegida por ese acuerdo precavido e incondicional. Cuando Mario se agregó, discreto como ellos, los tres cubrieron a Delia con una sombra fina y constante, casi transparente los martes o los jueves, más palpable y solícita de sábado a lunes. Delia recobraba ahora una menuda vivacidad episódica, un día tocó el piano, otra vez jugó al ludo; era más dulce con Mario, lo hacía sentarse cerca de la ventana de la sala y le explicaba proyectos de costura o de bordado. Nunca le decía nada de los postres o los bombones, a Mario le extrañaba pero lo atribuía a delicadeza, a miedo de aburrirlo. Los Mañara alababan los licores de Delia; una noche quisieron servirle una copita, pero Delia dijo con brusquedad que eran licores para mujeres y que había volcado casi todas las botellas. «A Héctor...», empezó plañidera su madre, y no dijo más por no apenar a Mario. Después se dieron cuenta de que a Mario no le molestaba la evocación de los novios. No volvieron a hablar de licores hasta que Delia recobró la animación y quiso probar recetas nuevas. Mario se acordaba de esa tarde porque acababan de ascenderlo, y lo primero que hizo fue comprarle bombones a Delia. Los Mañara picoteaban pacientemente la galena del aparatito con teléfonos, y lo hicieron quedarse un rato en el comedor para que escuchara cantar a Rosita Quiroga. Luego él les dijo lo del ascenso, y que le traía bombones a Delia.

—Hiciste mal en comprar eso, pero andá, lleváselos, está en la sala. —Y lo miraron salir y se miraron hasta que Mañara se sacó los teléfonos como si se quitara una corona de laurel, y la señora suspiró desviando los ojos. De pronto los dos parecían desdichados, perdidos. Con un gesto turbio Mañara levantó la palanquita de la galena.

Delia se quedó mirando la caja y no hizo mucho caso de los bombones, pero cuando estaba comiendo el segundo, de menta con una crestita de nuez, le dijo a Mario que sabía hacer bombones. Parecía excusarse por no haberle confiado antes tantas cosas, empezó a describir con agilidad la manera de hacer los bombones, el relleno y los baños de chocolate o moka. Su mejor receta eran unos bombones a la naranja rellenos de licor, con una aguja perforó uno de los que le traía Mario para mostrarle cómo se los manipulaba; Mario veía sus dedos demasiado blancos contra el bombón, mirándola explicar le parecía un cirujano pausando un delicado tiempo quirúrgico. El bombón como una menuda laucha entre los dedos de Delia, una cosa diminuta pero viva que la aguja laceraba. Mario sintió un raro malestar, una dulzura de abominable repugnancia. «Tire ese bombón», hubiera querido decirle. «Tírelo lejos, no vaya a llevárselo a la boca porque está vivo, es un ratón vivo». Después le volvió la alegría del ascenso, oyó a Delia repetir la receta del licor de té, del licor de rosa... Hundió los dedos en la caja y comió dos, tres bombones seguidos. Delia se sonreía como burlándose. Él se imaginaba cosas, y fue temerosamente feliz. «El tercer novio», pensó raramente. «Decirle así: su tercer novio, pero vivo».

Ahora ya es más difícil hablar de esto, está mezclado con otras historias que uno agrega a base de olvidos menores, de falsedades mínimas que tejen y tejen por detrás de los recuerdos; parece que él iba más seguido a lo de Mañara, la vuelta a la vida de Delia lo ceñía a sus gustos y a sus caprichos, hasta los Mañara le pidieron con algún recelo que alentara a Delia, y él compraba las sustancias para los licores, los filtros y embudos que ella recibía con una grave satisfacción en la que Mario sospechaba un poco de amor, por lo menos algún olvido de los muertos.

Los domingos se quedaba de sobremesa con los suyos, y Madre Celeste se lo agradecía sin sonreír, pero dándole lo mejor del postre y el café muy caliente. Por fin habían cesado los chismes, al menos no se hablaba de Delia en su presencia. Quién sabe si los bofetones al más chico de los Camiletti o el agrio encresparse frente a Madre Celeste entraban en eso; Mario llegó a creer que habían recapacitado, que absolvían a Delia y hasta la consideraban de nuevo. Nunca habló de su casa en lo de Mañara, ni mencionó a su amiga en las sobremesas del domingo. Empezaba a creer posible esa doble vida a cuatro cuadras una de otra; la esquina de Rivadavia y Castro Barros era el puente necesario y eficaz. Hasta tuvo esperanza de que el futuro acercara las casas, las gentes, sordo al paso incomprensible que sentía —a veces, a solas— como íntimamente ajeno y oscuro.

Otras gentes no iban a ver a los Mañara. Asombraba un poco esa ausencia de parientes o de amigos. Mario no tenía necesidad de inventarse un toque especial de timbre, todos sabían que era él. En diciembre, con un calor húmedo y dulce, Delia logró el licor de naranja concentrado, lo bebieron felices un atardecer de tormenta. Los Mañara no quisieron probarlo, seguros de que les haría mal. Delia no se ofendió, pero estaba como transfigurada mientras Mario sorbía apreciativo el dedalito violáceo lleno de luz naranja, de olor quemante. «Me va a hacer morir de calor, pero está delicioso», dijo una o dos veces. Delia, que hablaba poco cuando estaba contenta, observó: «Lo hice para vos». Los Mañara la miraban como queriendo leerle la receta, la alquimia minuciosa de quince días de trabajo.

A Rolo le habían gustado los licores de Delia. Mario lo supo por unas palabras de Mañara dichas al pasar cuando Delia no estaba: «Ella le hizo muchas bebidas. Pero Rolo tenía miedo por el corazón. El alcohol es malo para el corazón». Tener un novio tan delicado, Mario comprendía ahora la liberación que asomaba en los gestos, en la manera de tocar el piano de Delia. Estuvo por preguntarle a los Mañara qué le gustaba a Héctor, si también Delia le hacía licores o postres a Héctor. Pensó en los bombones que Delia volvía a ensayar y que se alineaban para secarse en una repisa de la antecocina. Algo le decía a Mario que Delia iba a conseguir cosas maravillosas con los bombones. Después de pedir muchas veces, obtuvo que ella le hiciera probar uno. Ya se iba cuando Delia le trajo una muestra blanca y liviana en un platito de alpaca. Mientras lo saboreaba —algo apenas amargo, con un asomo de menta y nuez moscada mezclándose raramente—, Delia tenía los ojos bajos y el aire modesto. Se negó a aceptar los elogios, no era más que un ensayo y aún estaba lejos de lo que se proponía. Pero a la visita siguiente —también de noche, ya en la sombra de la despedida junto al piano— le permitió probar otro ensayo. Había que cerrar los ojos para adivinar el sabor, y Mario obediente cerró los ojos y adivinó un sabor a mandarina, levísimo, viniendo desde lo más hondo del chocolate. Sus dientes desmenuzaban trocitos crocantes, no alcanzó a sentir su sabor y era sólo la sensación agradable de encontrar un apoyo entre esa pulpa dulce y esquiva.

Delia estaba contenta del resultado, dijo a Mario que su descripción del sabor se acercaba a lo que había esperado. Todavía faltaban ensayos, había cosas sutiles por equilibrar. Los Mañara le dijeron a Mario que Delia no había vuelto a sentarse al piano, que se pasaba las horas preparando los licores, los bombones. No lo decían con reproche, pero tampoco estaban contentos; Mario adivinó que los gastos de Delia los afligían. Entonces pidió a Delia en secreto una lista de las esencias y sustancias necesarias. Ella hizo algo que nunca antes, le pasó los brazos por el cuello y lo besó en la mejilla. Su boca olía despacito a menta. Mario cerró los ojos, llevado por la necesidad de sentir el perfume y el sabor desde debajo de los párpados. Y el beso volvió, más duro y quejándose.

No supo si le había devuelto el beso, tal vez se quedó quieto y pasivo, catador de Delia en la penumbra de la sala. Ella tocó el piano, como casi nunca ahora, y le pidió que volviera al otro día. Nunca habían hablado con esa voz, nunca se habían callado así. Los Mañara sospecharon algo porque vinieron agitando los periódicos y con noticias de un aviador perdido en el Atlántico. Eran días en que muchos aviadores se quedaban a mitad del Atlántico. Alguien encendió la luz y Delia se apartó enojada del piano, a Mario le pareció un instante que su gesto ante la luz tenía algo de la fuga enceguecida del ciempiés, una loca carrera por las paredes. Abría y cerraba las manos, en el vano de la puerta, y después volvió como avergonzada, mirando de reojo a los Mañara; los miraba de reojo y se sonreía.

Sin sorpresa, casi como una confirmación, midió Mario esa noche la fragilidad de la paz de Delia, el peso persistente de la doble muerte. Rolo, vaya y pase; Héctor era ya el desborde, el trizado que desnuda un espejo. De Delia quedaban las manías delicadas, la manipulación de esencias y animales, su contacto con cosas simples y oscuras, la cercanía de las mariposas y los gatos, el aura de su respiración a medias en la muerte. Se prometió una caridad sin límites, una cura de años en habitaciones claras y parques alejados del recuerdo; tal vez sin casarse con Delia, simplemente prolongando este amor tranquilo hasta que ella no viese más una tercera muerte andando a su lado, otro novio, el que sigue para morir.

Creyó que los Mañara iban a alegrarse cuando él empezara a traerle los extractos a Delia; en cambio se enfurruñaron y se replegaron hoscos, sin comentarios, aunque terminaban transando y yéndose, sobre todo cuando venía la hora de las pruebas, siempre en la sala y casi de noche, y había que cerrar los ojos y definir —con cuántas vacilaciones a veces por la sutileza de la materia— el sabor de un trocito de pulpa nueva, pequeño milagro en el plato de alpaca.

A cambio de esas atenciones Mario obtenía de Delia una promesa de ir juntos al cine o pasear por Palermo. En los Mañara advertía gratitud y complicidad cada vez que venía a buscarla el sábado de tarde o la mañana del domingo. Como si prefiriesen quedarse solos en la casa para oír radio o jugar a las cartas. Pero también sospechó una repugnancia de Delia a irse de la casa cuando quedaban los viejos. Aunque no estaba triste junto a Mario, las pocas veces que salieron con los Mañara se alegró más, entonces se divertía de veras en la Exposición Rural, quería pastillas y aceptaba juguetes que a la vuelta miraba con fijeza, estudiándolos hasta cansarse. El aire puro le hacía bien, Mario le vio una tez más clara y un andar decidido. Lástima esa vuelta vespertina al laboratorio, el ensimismamiento interminable con la balanza o las tenacillas. Ahora los bombones la absorbían al punto de dejar los licores; ahora pocas veces daba a probar sus hallazgos. A los Mañara nunca; Mario sospechaba sin razones que los Mañara hubieran rehusado probar sabores nuevos; preferían los caramelos comunes y si Delia dejaba una caja sobre la mesa, sin invitarlos pero como invitándolos, ellos escogían las formas simples, las de antes, y hasta cortaban los bombones para examinar el relleno. A Mario le divertía el sordo descontento de Delia junto al piano, su aire falsamente distraído. Guardaba para él las novedades, a último momento venía de la cocina con el platito de alpaca; una vez se hizo tarde tocando el piano y Delia dejó que la acompañara hasta la cocina para buscar unos bombones nuevos. Cuando encendió la luz, Mario vio el gato dormido en un rincón, y las cucarachas que huían por las baldosas. Se acordó de la cocina de su casa. Madre Celeste desparramando polvo amarillo en los zócalos. Aquella noche los bombones tenían gusto a moka y un dejo raramente salado (en lo más lejano del sabor) como si al final del gusto se escondiera una lágrima; era idiota pensar en eso, en el resto de las lágrimas caídas la noche de Rolo en el zaguán.

—El pez de color está triste —dijo Delia mostrándole el bocal con piedritas y falsas vegetaciones. Un pececillo rosa translúcido dormitaba con un acompasado movimiento de la boca. Su ojo frío miraba a Mario como una perla viva. Mario pensó en el ojo salado como una lágrima que resbalaría entre los dientes al mascarlo.

—Hay que renovarle más seguido el agua —propuso.

—Es inútil, está viejo y enfermo. Mañana se va a morir.

A él le sonó el anuncio como un retorno a lo peor, a la Delia atormentada del luto y los primeros tiempos. Todavía tan cerca de aquello, del peldaño y el muelle, con fotos de Héctor apareciendo de golpe entre los pares de medias o las enaguas de verano. Y una flor seca —del velorio de Rolo— sujeta sobre una estampa en la hoja del ropero.

Antes de irse le pidió que se casara con él en el otoño. Delia no dijo nada, se puso a mirar el suelo como si buscara una hormiga en la sala. Nunca habían hablado de eso, Delia parecía querer habituarse a pensar antes de contestarle. Después lo miró brillantemente, irguiéndose de golpe. Estaba hermosa, le temblaba un poco la boca. Hizo un gesto como para abrir una puertecita en el aire, un ademán casi mágico.

—Entonces sos mi novio —dijo—. Qué distinto me parecés, qué cambiado.

Madre Celeste oyó sin hablar la noticia, puso a un lado la plancha y en todo el día no se movió de su cuarto, adonde entraban de a uno los hermanos para salir con caras largas y vasitos de Hesperidina. Mario se fue a ver fútbol y por la noche llevó rosas a Delia. Los Mañara lo esperaban en la sala, lo abrazaron y le dijeron cosas, hubo que destapar una botella de oporto y comer masas. Ahora el tratamiento era íntimo y a la vez más lejano. Perdían la simplicidad de amigos para mirarse con los ojos del pariente, del que lo sabe todo desde la primera infancia. Mario besó a Delia, besó a mamá Mañara, y al abrazar fuerte a su futuro suegro hubiera querido decirle que confiaran en él, nuevo soporte del hogar, pero no le venían las palabras. Se notaba que también los Mañara hubieran querido decirle algo y no se animaban. Agitando los periódicos volvieron a su cuarto. Y Mario se quedó con Delia y el piano, con Delia y la llamada de amor indio.

Una o dos veces, durante esas semanas de noviazgo, estuvo a un paso de citar a papá Mañara fuera de la casa para hablarle de los anónimos. Después lo creyó inútilmente cruel porque nada podía hacerse contra esos miserables que los hostigaban. El peor vino un sábado a mediodía en un sobre azul, Mario se quedó mirando la fotografía de Héctor en *Última Hora* y los párrafos subrayados con tinta azul. «Sólo una honda desesperación pudo arrastrarlo al suicidio, según declaraciones de los familiares». Pensó raramente que los familiares de Héctor no habían aparecido más por lo de Mañara. Quizá fueron alguna vez en los primeros días. Se acordaba ahora del pez de color, los Mañara habían dicho que era regalo de la madre de Héctor. Pez de color muerto el día anunciado por Delia. Sólo una honda desesperación pudo arrastrarlo. Quemó el sobre, el recorte, hizo un recuento de sospechosos y se propuso franquearse con Delia, salvarla en sí mismo de los hilos de baba, del rezumar intolerable de esos rumores. A los cinco días (no había hablado con Delia ni con los Mañara) vino el segundo. En la cartulina celeste había primero una estrellita (no se sabía por qué) y después: «Yo que usted tendría cuidado con el escalón de la cancel». Del sobre salió un perfume vago a jabón de almendra. Mario pensó si la de la casa de altos usaría jabón de almendra, hasta tuvo el torpe valor de revisar la cómoda de Madre Celeste y de su hermana. También quemó este anónimo, tampoco le dijo nada a Delia. Era en diciembre, con el calor de esos diciembres del veintitantos, ahora iba después de cenar a lo de Delia y hablaban paseándose por el jardincito de atrás o dando vuelta a la manzana. Con el calor comían menos bombones, no que Delia renunciara a sus ensayos pero traía pocas muestras a la sala, prefería guardarlos en cajas antiguas, protegidos en moldecitos, con un fino césped de papel verde claro por encima. Mario la notó inquieta, como alerta. A veces miraba hacia atrás en las esquinas, y la noche que hizo un gesto de rechazo al llegar al buzón de Medrano y Rivadavia, Mario comprendió que también a ella la estaban torturando desde lejos; que compartían sin decirlo un mismo hostigamiento.

Se encontró con papá Mañara en el Munich de Cangallo y Pueyrredón, lo colmó de cerveza y papas fritas sin arrancarlo de una vigilante modorra, como si desconfiara de la cita. Mario le dijo riendo que no iba a pedirle plata, sin rodeos le habló de los anónimos, la nerviosidad de Delia, el buzón de Medrano y Rivadavia.

—Ya sé que apenas nos casemos se acabarán estas infamias. Pero necesito que ustedes me ayuden, que la protejan. Una cosa así puede hacerle daño. Es tan delicada, tan sensible.

—Vos querés decir que se puede volver loca, ¿no es cierto?

—Bueno, no es eso. Pero si recibe anónimos como yo y se los calla, y eso se va juntando...

—Vos no la conocés a Delia. Los anónimos se los pasa... quiero decir que no le hacen mella. Es más dura de lo que te pensás.

—Pero mire que está como sobresaltada, que algo la trabaja —atinó a decir indefenso Mario.

—No es por eso, sabés —bebía su cerveza como para que le tapara la voz—. Antes fue igual, yo la conozco bien.

—¿Antes de qué?

—Antes de que se le murieran, sonso. Pagá que estoy apurado.

Quiso protestar pero papá Mañara estaba ya andando hacia la puerta. Le hizo un gesto vago de despedida y se fue para el Once con la cabeza gacha. Mario no se animó a seguirlo, ni siquiera pensar mucho lo que acababa de oír. Ahora estaba otra vez solo como al principio, frente a Madre Celeste, la de la casa de altos y los Mañara. Hasta los Mañara.

Delia sospechaba algo porque lo recibió distinta, casi parlanchina y sonsacadora. Tal vez los Mañara habían hablado del encuentro en el Munich, Mario esperó que tocara el tema para ayudarla a salir de ese silencio, pero ella prefería *Rose Marie* y un poco de Schumann, los tangos de Pacho con un compás cortado y entrador, hasta que los Mañara llegaron con galletitas y málaga y encendieron todas las luces. Se habló de Pola Negri, de un crimen en Liniers, del eclipse parcial y la descompostura del gato. Delia creía que el gato estaba empachado de pelos y apoyaba un tratamiento de aceite de castor. Los Mañara le daban la razón sin opinar pero no parecían convencidos. Se acordaron de un veterinario amigo, de unas hojas amargas. Optaban por dejarlo solo en el jardincito, que él mismo eligiera los pastos curativos. Pero Delia dijo que el gato se moriría, tal vez el aceite le prolongara la vida un poco más. Oyeron a un diarero en la esquina y los Mañara corrieron juntos a comprar *Última Hora*. A una muda consulta de Delia fue Mario a apagar las luces de la sala. Quedó la lámpara en la mesa del rincón, manchando de amarillo viejo la carpeta de bordados futuristas. En torno al piano había una luz velada.

Mario preguntó por la ropa de Delia, si trabajaba en su ajuar, si marzo era mejor que mayo para el casamiento. Esperaba un instante de valor para mencionar los anónimos, un resto de miedo a equivocarse lo detenía cada vez. Delia estaba junto a él en el sofá verde oscuro, su ropa celeste la recortaba débilmente en la penumbra. Una vez que quiso besarla, la sintió contraerse poco a poco.

—Mamá va a volver a despedirse. Esperá que se vayan a la cama...

Afuera se oía a los Mañara, el crujir del diario, su diálogo continuo. No tenían sueño esa noche, las once y media y seguían charlando. Delia volvió al piano, como obstinándose tocaba largos valses criollos con da capo al fine una vez y otra, escalas y adornos un poco cursis pero que a Mario le encantaban, y siguió en el piano hasta que los Mañara vinieron a decirles buenas noches, y que no se quedaran mucho rato, ahora que él era de la familia tenía que velar más que nunca por Delia y cuidar que no trasnochara. Cuando se fueron, como a disgusto pero rendidos de sueño, el calor entraba a bocanadas por la puerta del zaguán y la ventana de la sala. Mario quiso un vaso de agua fresca y fue a la cocina aunque Delia quería servírselo y se molestó un poco. Cuando estuvo de vuelta vio a Delia en la ventana, mirando la calle vacía por donde antes en noches iguales se iban Rolo y Héctor. Algo de luna se acostaba ya en el piso cerca de Delia, en el plato de alpaca que Delia guardaba en la mano como otra pequeña luna. No había querido pedirle a Mario que probara delante de los Mañara, él tenía que comprender cómo la cansaban los reproches de los Mañara, siempre encontraban que era abusar de la bondad de Mario pedirle que probara los nuevos bombones. Claro que si no tenía ganas, pero nadie le merecía más confianza, los Mañara eran incapaces de apreciar un sabor distinto. Le ofrecía el bombón como suplicando, pero Mario comprendió el deseo que poblaba su voz, ahora lo abarcaba con una claridad que no venía de la luna, ni siquiera de Delia. Puso el vaso de agua sobre el piano (no había bebido en la cocina) y sostuvo con dos dedos el bombón, con Delia a su lado esperando el veredicto, anhelosa la respiración como si todo dependiera de eso, sin hablar pero urgiéndolo con el gesto, los ojos crecidos —o era la sombra de la sala—, oscilando apenas el cuerpo al jadear, porque ahora era casi un jadeo cuando Mario acercó el bombón a la boca, iba a morder, bajaba la mano y Delia gemía como si en medio de un placer infinito se sintiera de pronto frustrada. Con la mano libre apretó apenas los flancos del bombón pero no lo miraba, tenía los ojos en Delia y la cara de yeso, un pierrot repugnante en la penumbra. Los dedos se separaban, dividiendo el bombón. La luna cayó de plano en la masa blanquecina de la cucaracha, el cuerpo desnudo de su revestimiento coriáceo, y alrededor, mezclados con la menta y el mazapán, los trocitos de patas y alas, el polvillo del caparacho triturado.

Cuando le tiró los pedazos a la cara, Delia se tapó los ojos y empezó a sollozar, jadeando en un hipo que la ahogaba, cada vez más agudo el llanto como la noche de Rolo, entonces los dedos de Mario se cerraron en su garganta como para protegerla de ese horror que le subía del pecho, un borborigmo de lloro y quejido, con risas quebradas por retorcimientos, pero él quería solamente que se callara y apretaba para que solamente se callara, la de la casa de altos estaría ya escuchando con miedo y delicia de modo que había que callarla a toda costa. A su espalda, desde la cocina donde había encontrado al gato con las astillas clavadas en los ojos, todavía arrastrándose para morir dentro de la casa, oía la respiración de los Mañara levantados, escondiéndose en el comedor para espiarlos, estaba seguro de que los Mañara habían oído y estaban ahí, contra la puerta, en la sombra del comedor, oyendo cómo él hacía callar a Delia. Aflojó el apretón y la dejó resbalar hasta el sofá, convulsa y negra pero viva. Oía jadear a los Mañara, le dieron lástima por tantas cosas, por Delia misma, por dejársela otra vez y viva. Igual que Héctor y Rolo se iba y se las dejaba. Tuvo mucha lástima de los Mañara que habían estado ahí agazapados y esperando que él —por fin alguno— hiciera callar a Delia que lloraba, hiciera cesar por fin el llanto de Delia.

LUCAS, SUS LUCHAS
CON LA HIDRA

Ahora que se va poniendo viejo se da cuenta de que no es fácil matarla.

Ser una hidra es fácil pero matarla no, porque si bien hay que matar a la hidra cortándole sus numerosas cabezas (de siete a nueve según los autores o bestiarios consultables), es preciso dejarle por lo menos una, puesto que la hidra es el mismo Lucas y lo que él quisiera es salir de la hidra pero quedarse en Lucas, pasar de lo poli a lo unicéfalo. Ahí te quiero ver, dice Lucas envidiándolo a Heracles que nunca tuvo tales problemas con la hidra y que después de entrarle a mandoble limpio la dejó como una vistosa fuente de la que brotaban siete o nueve juegos de sangre. Una cosa es matar a la hidra y otra ser esa hidra que alguna vez fue solamente Lucas y quisiera volver a serlo. Por ejemplo, le das un tajo en la cabeza que colecciona discos, y le das otro en la que invariablemente pone la pipa del lado izquierdo del escritorio y el vaso con los lápices de fieltro a la derecha y un poco atrás. Se trata ahora de apreciar los resultados.

Hm, algo se ha conseguido, dos cabezas menos ponen un tanto en crisis a las restantes, que agitadamente piensan y piensan frente al luctuoso fato. O sea: por un rato al menos deja de ser obsesiva esa necesidad urgente de completar la serie de los madrigales de Gesualdo, príncipe de Venosa (a Lucas le faltan dos discos de la serie, parece que están agotados y que no se reeditarán, y eso le estropea la presencia de los otros discos. Muera de limpio tajo la cabeza que así piensa y desea y carcome). Además es inquietantemente novedoso que al ir a tomar la pipa se descubra que no está en su sitio. Aprovechemos esta voluntad de desorden y tajo ahí nomás a esa cabeza amiga del encierro, del sillón de lectura al lado de la lámpara, del scotch a las seis y media con dos cubitos y poca soda, de los libros y revistas apilados por orden de prioridad.

Pero es muy difícil matar a la hidra y volver a Lucas, él lo siente ya en mitad de la cruenta batalla. Para empezar la está describiendo en una hoja de papel que sacó del segundo cajón de la derecha del escritorio, cuando en realidad hay papel a la vista y por todos lados, pero no señor, el ritual es ése y no hablemos de la lámpara extensible italiana cuatro posiciones cien vatios colocada cual grúa sobre obra en construcción y delicadísimamente equilibrada para que el haz luz etcétera. Tajo fulgurante a esa cabeza escriba egipcio sentado. Una menos, uf. Lucas está acercándose a sí mismo, la cosa empieza a pintar bien.

Nunca llegará a saber cuántas cabezas le falta cortar porque suena el teléfono y es Claudine que habla de ir co-rrien-do al cine donde pasan una de Woody Allen. Por lo visto Lucas no ha cortado las cabezas en el orden ontológico que correspondía puesto que su primera reacción es no, de ninguna manera, Claudine hierve como un cangrejito del otro lado, Woody Allen Woody Allen, y Lucas nena, no me apurés si me querés sacar bueno, vos te pensás que yo puedo bajarme de esta pugna chorreante de plasma y factor Rhesus solamente porque a vos te da el Woody Woody, comprendé que hay valores y valores. Cuando del otro lado dejan caer el Annapurna en forma de receptor en la horquilla, Lucas comprende que le hubiera convenido matar primero la cabeza que ordena, acata y jerarquiza el tiempo, tal vez así todo se hubiera aflojado de golpe y entonces pipa Claudine lápices de fieltro Gesualdo en secuencias diferentes, y Woody Allen, claro. Ya es tarde, ya no Claudine, ya ni siquiera palabras para seguir contando la batalla puesto que no hay batalla, qué cabeza cortar si siempre quedará otra más autoritaria, es hora de contestar la correspondencia atrasada, dentro de diez minutos el scotch con sus hielitos y su sodita, es tan claro que le han vuelto a crecer, que no le sirvió de nada cortarlas. En el espejo del baño Lucas ve la hidra completa con sus bocas de brillantes sonrisas, todos los dientes afuera. Siete cabezas, una por cada década; para peor, la sospecha de que todavía pueden crecerle dos para conformar a ciertas autoridades en materia hídrica, eso siempre que haya salud.

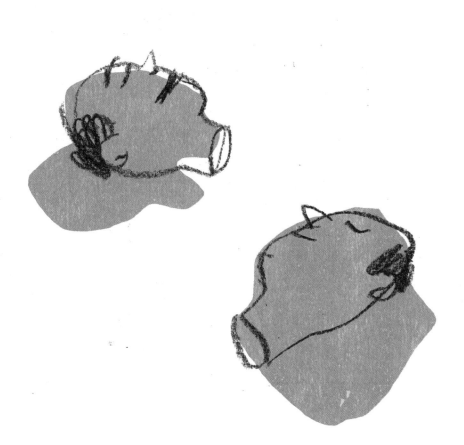

VERANO

Al atardecer Florencio bajó con la nena hasta la cabaña, siguiendo el sendero lleno de baches y piedras sueltas que sólo Mariano y Zulma se animaban a franquear con el jeep. Zulma les abrió la puerta, y a Florencio le pareció que tenía los ojos como si hubiera estado pelando cebollas. Mariano vino desde la otra pieza, les dijo que entraran, pero Florencio solamente quería pedirles que guardaran a la nena hasta la mañana siguiente porque tenía que ir a la costa por un asunto urgente y en el pueblo no había nadie a quien pedirle el favor. Por supuesto, dijo Zulma, déjela nomás, le pondremos una cama aquí abajo. Pase a tomar una copa, insistió Mariano, total cinco minutos, pero Florencio había dejado el auto en la plaza del pueblo y tenía que seguir viaje en seguida; les agradeció, le dio un beso a su hijita que ya había descubierto la pila de revistas en la banqueta; cuando se cerró la puerta Zulma y Mariano se miraron casi interrogativamente, como si todo hubiera sucedido demasiado pronto. Mariano se encogió de hombros y volvió a su taller donde estaba encolando un viejo sillón; Zulma le preguntó a la nena si tenía hambre, le propuso que jugara con las revistas, en la despensa había una pelota y una red para cazar mariposas; la nena dio las gracias y se puso a mirar las revistas; Zulma la observó un momento mientras preparaba los alcauciles para la noche, y pensó que podía dejarla jugar sola.

Ya atardecía temprano en el sur, apenas les quedaba un mes antes de volver a la capital, entrar en la otra vida del invierno que al fin y al cabo era una misma sobrevivencia, estar distantemente juntos, amablemente amigos, respetando y ejecutando las múltiples nimias delicadas ceremonias convencionales de la pareja, como ahora que Mariano necesitaba una de las hornallas para calentar el tarro de cola y Zulma sacaba del fuego la cacerola de papas diciendo que después terminaría de cocinarlas, y Mariano agradecía porque el sillón ya estaba casi terminado y era mejor aplicar la cola de una sola vez, pero claro, calentala nomás. La nena hojeaba las revistas en el fondo de la gran pieza que servía de cocina y comedor, Mariano le buscó unos caramelos en la despensa; era la hora de salir al jardín para tomar una copa mirando anochecer en las colinas; nunca había nadie en el sendero, la primera casa del pueblo se perfilaba apenas en lo más alto; delante de ellos la falda seguía bajando hasta el fondo del valle ya en penumbras. Serví nomás, vengo en seguida, dijo Zulma. Todo se cumplía cíclicamente, cada cosa en su hora y una hora para cada cosa, con la excepción de la nena que de golpe desajustaba levemente el esquema; un banquito y un vaso de leche para ella, una caricia en el pelo y elogios por lo bien que se portaba. Los cigarrillos, las golondrinas arracimándose sobre la cabaña; todo se iba repitiendo, encajando, el sillón ya estaría casi seco, encolado como ese nuevo día que nada tenía de nuevo. Las insignificantes diferencias eran la nena esa tarde, como a veces a mediodía el cartero los sacaba un momento de la soledad con una carta para Mariano o para Zulma que el destinatario recibía y guardaba sin decir una palabra. Un mes más de repeticiones previsibles, como ensayadas, y el jeep cargado hasta el tope los devolvería al departamento de la capital, a la vida que sólo era otra en las formas, el grupo de Zulma o los amigos pintores de Mariano, las tardes de tiendas para ella y las noches en los cafés para Mariano, un ir y venir

separadamente aunque siempre se encontraran para el cumplimiento de las
ceremonias bisagra, el beso matinal y los programas neutrales en común,
como ahora que Mariano ofrecía otra copa y Zulma aceptaba con los ojos
perdidos en las colinas más lejanas, teñidas ya de un violeta profundo.

Qué te gustaría cenar, nena. A mí como usted quiera, señora. A lo mejor no le gustan los alcauciles, dijo Mariano. Sí me gustan, dijo la nena, con
aceite y vinagre pero poca sal porque pica. Se rieron, le harían una vinagreta
especial. Y huevos pasados por agua, qué tal. Con cucharita, dijo la nena.
Y poca sal porque pica, bromeó Mariano. La sal pica muchísimo, dijo la
nena, a mi muñeca le doy el puré sin sal, hoy no la traje porque mi papá estaba apurado y no me dejó. Va a hacer una linda noche, pensó Zulma en voz
alta, mirá qué transparente está el aire hacia el norte. Sí, no hará demasiado
calor, dijo Mariano entrando los sillones al salón de abajo, encendiendo las
lámparas junto al ventanal que daba al valle. Mecánicamente encendió también la radio, Nixon viajará a Pekín, qué me contás, dijo Mariano. Ya no hay
religión, dijo Zulma, y soltaron la carcajada al mismo tiempo. La nena se
había dedicado a las revistas y marcaba las páginas de las tiras cómicas como
si pensara leerlas dos veces.

La noche llegó entre el insecticida que Mariano pulverizaba en el dormitorio de arriba y el perfume de una cebolla que Zulma cortaba canturreando
un ritmo pop de la radio. A mitad de la cena la nena empezó a adormilarse
sobre su huevo pasado por agua; le hicieron bromas, la alentaron a terminar; ya Mariano le había preparado el catre con un colchón neumático en
el ángulo más alejado de la cocina, de manera de no molestarla si todavía
se quedaban un rato en el salón de abajo, escuchando discos o leyendo. La
nena comió su durazno y admitió que tenía sueño. Acuéstese, mi amor, dijo
Zulma, ya sabe que si quiere hacer pipí no tiene más que subir, le dejaremos

prendida la luz de la escalera. La nena los besó en la mejilla, ya perdida de
sueño, pero antes de acostarse eligió una revista y la puso debajo de la almohada. Son increíbles, dijo Mariano, qué mundo inalcanzable, y pensar que
fue el nuestro, el de todos. A lo mejor no es tan diferente, dijo Zulma que des-
tendía la mesa, vos también tenés tus manías, el frasco de agua colonia a la
izquierda y la gillette a la derecha, y yo no hablemos. Pero no eran manías,
pensó Mariano, más bien una respuesta a la muerte y a la nada, fijar las cosas
y los tiempos, establecer ritos y pasajes contra el desorden lleno de agujeros y
de manchas. Solamente que ya no lo decía en voz alta, cada vez parecía haber
menos necesidad de hablar con Zulma, y Zulma tampoco decía nada que re-
clamara un cambio de ideas. Llevá la cafetera, ya puse las tazas en la banqueta
de la chimenea. Fijate si queda azúcar en la azucarera, hay un paquete nuevo
en la despensa. No encuentro el tirabuzón, esta botella de aguardiente pinta
bien, no te parece. Sí, lindo color. Ya que vas a subir, traete los cigarrillos
que dejé en la cómoda. De veras que es bueno este aguardiente. Hace calor,
no encontrás. Sí, está pesado, mejor no abrir las ventanas, se va a llenar de
mariposas y mosquitos.

Cuando Zulma oyó el primer ruido, Mariano estaba buscando en las pi-
las de discos una sonata de Beethoven que no había escuchado ese verano. Se
quedó con la mano en el aire, miró a Zulma. Un ruido como en la escalera de
piedra del jardín, pero a esa hora nadie venía a la cabaña, nadie venía nunca
de noche. Desde la cocina encendió la lámpara que alumbraba la parte más
cercana del jardín, no vio nada y la apagó. Un perro que anda buscando qué
comer, dijo Zulma. Sonaba raro, casi como un bufido, dijo Mariano. En el
ventanal chicoteó una enorme mancha blanca, Zulma gritó ahogadamente,
Mariano de espaldas se volvió demasiado tarde, el vidrio reflejaba solamente
los cuadros y los muebles del salón. No tuvo tiempo de preguntar, el bufido

resonó cerca de la pared que daba al norte, un relincho sofocado como el grito de Zulma que tenía las manos contra la boca y se pegaba a la pared del fondo, mirando fijamente el ventanal. Es un caballo, dijo Mariano sin creerlo,
suena como un caballo, oí los cascos, está galopando en el jardín. Las crines,
los belfos como sangrantes, una enorme cabeza blanca rozaba el ventanal, el
caballo los miró apenas, la mancha blanca se borró hacia la derecha, oyeron
otra vez los cascos, un brusco silencio del lado de la escalera de piedra, el relincho, la carrera. Pero no hay caballos por aquí, dijo Mariano que había aga-
rrado la botella de aguardiente por el gollete antes de darse cuenta y volver a
ponerla sobre la banqueta. Quiere entrar, dijo Zulma pegada a la pared del
fondo. Pero no, qué tontería, se habrá escapado de alguna chacra del valle
y vino a la luz. Te digo que quiere entrar, está rabioso y quiere entrar. Los
caballos no rabian que yo sepa, dijo Mariano, me parece que se ha ido, voy
a mirar por la ventana de arriba. No, no, quedate aquí, lo oigo todavía, está
en la escalera de la terraza, está pisoteando las plantas, va a volver, y si rompe
el vidrio y entra. No seas sonsa, qué va a romper, dijo débilmente Mariano,
a lo mejor si apagamos las luces se manda mudar. No sé, no sé, dijo Zulma
resbalando hasta quedar sentada en la banqueta, oí cómo relincha, está ahí
arriba. Oyeron los cascos bajando la escalera, el resoplar irritado contra la
puerta, a Mariano le pareció sentir como una presión en la puerta, un roce
repetido, y Zulma corrió hacia él gritando histéricamente. La rechazó sin
violencia, tendió la mano hacia el interruptor; en la penumbra (quedaba la
luz de la cocina donde dormía la nena) el relincho y los cascos se hicieron
más fuertes, pero el caballo ya no estaba delante de la puerta, se le oía ir y venir en el jardín. Mariano corrió a apagar la luz de la cocina, sin siquiera mirar
hacia el rincón donde habían acostado a la nena; volvió para abrazar a Zulma que sollozaba, le acarició el pelo y la cara, pidiéndole que se callara para

poder escuchar mejor. En el ventanal, la cabeza del caballo se frotó contra el gran vidrio, sin demasiada fuerza, la mancha blanca parecía transparente en la oscuridad; sintieron que el caballo miraba al interior como buscando algo, pero ya no podía verlos y sin embargo seguía ahí, relinchando y resoplando, con bruscas sacudidas a un lado y otro. El cuerpo de Zulma resbaló entre los brazos de Mariano, que la ayudó a sentarse otra vez en la banqueta, apoyándola contra la pared. No te muevas, no digas nada, ahora se va a ir, verás. Quiere entrar, dijo débilmente Zulma, sé que quiere entrar y si rompe la ventana, qué va a pasar si la rompe a patadas. Sh, dijo Mariano, callate por favor. Va a entrar, murmuró Zulma. Y no tengo ni una escopeta, dijo Mariano, le metería cinco balas en la cabeza, hijo de puta. Ya no está ahí, dijo Zulma levantándose bruscamente, lo oigo arriba, si ve la puerta de la terraza es capaz de entrar. Está bien cerrada, no tengas miedo, pensá que en la oscuridad no va a entrar en una casa donde ni siquiera podría moverse, no es tan idiota. Oh sí, dijo Zulma, quiere entrar, va a aplastarnos contra las paredes, sé que quiere entrar. Sh, repitió Mariano que también lo pensaba, que no podía hacer otra cosa que esperar con la espalda empapada de sudor frío. Una vez más los cascos resonaron en las lajas de la escalera, y de golpe el silencio, los grillos lejanos, un pájaro en el nogal de lo alto.

Sin encender la luz, ahora que el ventanal dejaba entrar la vaga claridad de la noche, Mariano llenó una copa de aguardiente y la sostuvo contra los labios de Zulma, obligándola a beber aunque los dientes chocaban contra la copa y el alcohol se derramaba en la blusa; después, del gollete, bebió un largo trago y fue hasta la cocina para mirar a la nena. Con las manos bajo la almohada como si sujetara la preciosa revista, dormía increíblemente y no había escuchado nada, apenas parecía estar ahí mientras en el salón el llanto de Zulma se cortaba cada tanto en un hipo ahogado, casi un grito. Ya pasó, ya pasó, dijo Mariano sentándose contra ella y sacudiéndola suavemente, no fue más que un susto. Va a volver, dijo Zulma con los ojos clavados en el ventanal. No, ya andará lejos, seguro que se escapó de alguna tropilla de allá abajo. Ningún caballo hace eso, dijo Zulma, ningún caballo quiere entrar así en una casa. Admito que es raro, dijo Mariano, mejor echemos un vistazo afuera, aquí tengo la linterna. Pero Zulma se había apretado contra la pared, la idea de abrir la puerta, de salir hacia la sombra blanca que podía estar cerca, esperando bajo los árboles, pronta a cargar. Mirá, si no nos aseguramos que se ha ido nadie va a dormir esta noche, dijo Mariano. Démosle un poco más de tiempo, entre tanto vos te acostás y te doy tu calmante; dosis extra, pobrecita, te la has ganado de sobra.

Zulma acabó por aceptar, pasivamente; sin encender las luces fueron hasta la escalera y Mariano mostró con la mano a la nena dormida, pero Zulma apenas la miró, subía la escalera trastabillando, Mariano tuvo que sujetarla al entrar en el dormitorio porque estaba a punto de golpearse en el marco de la puerta. Desde la ventana que daba sobre el alero miraron la escalera de piedra, la terraza más alta del jardín. Se ha ido, ves, dijo Mariano arreglando la almohada de Zulma, viéndola desvestirse con gestos mecánicos, la mirada fija en la ventana. Le hizo beber las gotas, le pasó agua colonia por el cuello y las manos, alzó suavemente la sábana hasta los hombros de Zulma que había cerrado los ojos y temblaba. Le secó las mejillas, esperó un momento y bajó a buscar la linterna; llevándola apagada en una mano y con un hacha en la otra, entornó poco a poco la puerta del salón y salió a la terraza inferior desde donde podía abarcar todo el lado de la casa que daba hacia el este; la noche era idéntica a tantas otras del verano, los grillos chirriaban lejos, una rana dejaba caer dos gotas alternadas de sonido. Sin necesidad de la linterna Mariano vio la mata de lilas pisoteada, las enormes huellas en el cantero de pensamientos, la maceta tumbada al pie de la escalera; no era una alucinación, entonces, y desde luego valía más que no lo fuera; por la mañana iría con Florencio a averiguar en las chacras del valle, no se la iban a llevar de arriba tan fácilmente. Antes de entrar enderezó la maceta, fue hasta los primeros árboles y escuchó largamente los grillos y la rana; cuando miró hacia la casa, Zulma estaba en la ventana del dormitorio, desnuda, inmóvil.

La nena no se había movido, Mariano subió sin hacer ruido y se puso a fumar al lado de Zulma. Ya ves, se ha ido, podemos dormir tranquilos; mañana veremos. Poco a poco la fue llevando hasta la cama, se desvistió, se tendió boca arriba, siempre fumando. Dormí, todo va bien, no fue más que un susto absurdo. Le pasó la mano por el pelo, los dedos resbalaron hasta el hombro, rozaron los senos. Zulma se volvió de lado, dándole la espalda, sin hablar; también eso era como tantas otras noches del verano.

Dormir tenía que ser difícil, pero Mariano se durmió bruscamente apenas había apagado el cigarrillo; la ventana seguía abierta y seguramente entrarían mosquitos, pero el sueño vino antes, sin imágenes, la nada total de la que salió en algún momento despedido por un pánico indecible, la presión de los dedos de Zulma en un hombro, el jadeo. Casi antes de comprender ya estaba escuchando la noche, el perfecto silencio puntuado por los grillos. Dormí, Zulma, no hay nada, habrás soñado. Obstinándose en que asintiera, que volviera a tenderse dándole la espalda ahora que de golpe había retirado la mano y estaba sentada, rígida, mirando hacia la puerta cerrada. Se levantó al mismo tiempo que Zulma, incapaz de impedirle que abriera la puerta y fuera hasta el nacimiento de la escalera, pegado a ella y preguntándose vagamente si no haría mejor en cachetearla, traerla a la fuerza hasta la cama, dominar por fin tanta lejanía petrificada. En mitad de la escalera Zulma se detuvo, tomándose de la barandilla. ¿Vos sabes por qué está ahí la nena?

Con una voz que debía pertenecer todavía a la pesadilla. ¿La nena? Otros
dos peldaños, ya casi en el codo que se abría sobre la cocina. Zulma, por
favor. Y la voz quebrada, casi en falsete, está ahí para dejarlo entrar, te digo
que lo va a dejar entrar. Zulma, no me obligues a hacer una idiotez. Y la voz
como triunfante, subiendo todavía más el tono, mirá, pero mirá si no me
creés, la cama vacía, la revista en el suelo. De un empellón Mariano se ade-
lantó a Zulma, saltó hasta el interruptor. La nena los miró, su piyama rosa
contra la puerta que daba al salón, la cara adormilada. Qué hacés levantada a
esta hora, dijo Mariano envolviéndose la cintura con un repasador. La nena
miraba a Zulma desnuda, entre dormida y avergonzada la miraba como queriendo volverse a la cama, al borde del llanto. Me levanté para hacer pipí,
dijo. Y saliste al jardín cuando te habíamos dicho que subieras al baño. La
nena empezó a hacer pucheros, las manos cómicamente perdidas en los bolsillos del piyama. No es nada, volvete a la cama, dijo Mariano acariciándole
el pelo. La arropó, le puso la revista debajo de la almohada; la nena se volvió
contra la pared, un dedo en la boca como para consolarse. Subí, dijo Mariano, ya ves que no pasa nada, no te quedés ahí como una sonámbula. La vio
dar dos pasos hacia la puerta del salón, se le cruzó en el camino, ya estaba
bien así, qué diablos. Pero no te das cuenta de que le ha abierto la puerta,
dijo Zulma con esa voz que no era la suya. Dejate de tonterías, Zulma. Andá
a ver si no es cierto, o dejame ir a mí. La mano de Mariano se cerró en el antebrazo que temblaba. Subí ahora mismo, empujándola hasta llevarla al pie de
la escalera, mirando al pasar a la nena que no se había movido, que ya debía
dormir. En el primer peldaño Zulma gritó y quiso escapar, pero la escalera
era estrecha y Mariano la empujaba con todo el cuerpo, el repasador se des-
ciñó y cayó al pie de la escalera, sujetándola por los hombros y tironeándola
hacia arriba la llevó hasta el rellano, la lanzó hacia el dormitorio, cerrando la

puerta tras él. Lo va a dejar entrar, repetía Zulma, la puerta está abierta y va a entrar. Acostate, dijo Mariano. Te digo que la puerta está abierta. No importa, dijo Mariano, que entre si quiere, ahora me importa un carajo que entre o no entre. Atrapó las manos de Zulma que buscaban rechazarlo, la empujó de espaldas contra la cama, cayeron juntos, Zulma sollozando y suplicando, imposibilitada de moverse bajo el peso de un cuerpo que la ceñía cada vez más, que la plegaba a una voluntad murmurada boca a boca, rabiosamente, entre lágrimas y obscenidades. No quiero, no quiero, no quiero nunca más, no quiero, pero ya demasiado tarde, su fuerza y su orgullo cediendo a ese peso arrasador que la devolvía al pasado imposible, a los veranos sin cartas y sin caballos. En algún momento —empezaba a clarear— Mariano se vistió en silencio, bajó a la cocina; la nena dormía con el dedo en la boca, la puerta del salón estaba abierta. Zulma había tenido razón, la nena había abierto la puerta pero el caballo no había entrado en la casa. A menos que sí, lo pensó encendiendo el primer cigarrillo y mirando el filo azul de las colinas, a menos que también en eso Zulma tuviera razón y que el caballo hubiera entrado en la casa, pero cómo saberlo si no lo habían escuchado, si todo estaba en orden, si el reloj seguiría midiendo la mañana y después que Florencio viniera a buscar a la nena a lo mejor hacia las doce llegaría el cartero silbando desde lejos, dejándoles sobre la mesa del jardín las cartas que él o Zulma tomarían sin decir nada, un rato antes de decidir de común acuerdo lo que convenía preparar para el almuerzo.

HISTORIA CON UN OSO BLANDO

Mira tú esa bola de coaltar que rezuma estirándose y creciendo por la juntura ventana de dos árboles. Más allá de los árboles hay un calvero y es ahí donde el coaltar medita y proyecta su ingreso a la forma bola, a la forma bola y patas, a la forma coaltar pelos patas que después el diccionario OSO.

Ahora el coaltar bola emerge húmedo y blando sacudiéndose hormigas infinitas y redondas, las va tirando en cada huella que se ordena armoniosa a medida que camina. Es decir que el coaltar proyecta una pata oso sobre las agujas del pino, hiende la tierra lisa y al soltarse marca una pantufla hecha jirones adelante y deja naciente un hormiguero múltiple y redondo, fragante de coaltar. Así a cada lado del camino, fundador de imperios simétricos, va la forma pelos patas aplicando una construcción para hormigas redondas que se sacude húmedo.

Por fin sale el sol y el oso blando alza una cara transitada y pueril hacia el gongo de miel que vanamente ansía. El coaltar se pone a oler con vehemencia, la bola crece al nivel del día, pelos y patas solamente coaltar, pelos patas coaltar que musita un ruego y atisba la respuesta, la profunda resonancia del gongo arriba, la miel del cielo en su lengua hocico, en su alegría pelos patas.

BESTIARIO

Entre la última cucharada de arroz con leche —poca canela, una lástima— y los besos antes de subir a acostarse, llamó la campanilla en la pieza del teléfono e Isabel se quedó remoloneando hasta que Inés vino de atender y dijo algo al oído de su madre. Se miraron entre ellas y después las dos a Isabel, que pensó en la jaula rota y las cuentas de dividir y un poco en la rabia de misia Lucera por tocarle el timbre a la vuelta de la escuela. No estaba tan inquieta, su madre e Inés miraban como más allá de ella, casi tomándola por pretexto; pero la miraban.

—A mí, creeme que no me gusta que vaya —dijo Inés—. No tanto por el tigre, después de todo cuidan bien ese aspecto. Pero la casa tan triste, y ese chico solo para jugar con ella...

—A mí tampoco me gusta —dijo la madre, e Isabel supo como desde un tobogán que la mandarían a lo de Funes a pasar el verano. Se tiró en la noticia, en la enorme ola verde, lo de Funes, lo de Funes, claro que la mandaban. No les gustaba pero convenía. Bronquios delicados. Mar del Plata carísima, difícil manejarse con una chica consentida, boba, conducta regular con lo buena que es la señorita Tania, sueño inquieto y juguetes por todos lados, preguntas, botones, rodillas sucias. Sintió miedo, delicia, olor de sauces y la *u* de Funes se le mezclaba con el arroz con leche, tan tarde y a dormir, ya mismo a la cama.

Acostada, sin luz, llena de besos y miradas tristes de Inés y su madre, no bien decididas pero ya decididas del todo a mandarla. Antevivía la llegada en *break*, el primer desayuno, la alegría de Nino cazador de cucarachas, Nino sapo. Nino pescado (un recuerdo de tres años atrás. Nino mostrándole unas figuritas puestas con engrudo en un álbum, y diciéndole grave: «Éste es un sapo, y éste un pes-ca-do»). Ahora Nino en el parque esperándola con la red de mariposas, y también las manos blandas de Rema —las vio que nacían de la oscuridad, estaba con los ojos abiertos y en vez de la cara de Nino zas las manos de Rema, la menor de los Funes. «Tía Rema me quiere tanto», y los ojos de Nino se hacían grandes y mojados, otra vez vio a Nino desgajarse flotando en el aire confuso del dormitorio, mirándola contento. Nino pescado. Se durmió queriendo que la semana pasara esa misma noche, y las despedidas, el viaje en tren, la legua en *break*, el portón, los eucaliptos del camino de entrada. Antes de dormirse tuvo un momento de horror cuando imaginó que podía estar soñando. Estirándose de golpe dio con los pies en los barrotes de bronce, le dolieron a través de las colchas, y en el comedor grande se oía hablar a su madre y a Inés, equipaje, ver al médico por lo de las erupciones, aceite de bacalao y hamamelis virginica. No era un sueño, no era un sueño.

No era un sueño. La llevaron a Constitución una mañana ventosa, con banderitas en los puestos ambulantes de la plaza, torta en el Tren Mixto y gran entrada en el andén número catorce. La besaron tanto entre Inés y su madre que le quedó la cara como caminada, blanda y oliendo a rouge y polvo rachel de Coty, húmeda alrededor de la boca, un asco que el viento le sacó de un manotazo. No tenía miedo de viajar sola porque era una chica grande, con nada menos que veinte pesos en la cartera. Compañía Sansinena de Carnes Congeladas metiéndose por la ventanilla con un olor dulzón, el Riachuelo amarillo e Isabel repuesta ya del llanto forzado, contenta, muerta de miedo, activa en el ejercicio pleno de su asiento, su ventanilla, viajera casi única en un pedazo de coche donde se podía probar todos los lugares y verse en los espejitos. Pensó una o dos veces en su madre, en Inés —ya estarían en el 97, saliendo de Constitución—, leyó prohibido fumar, prohibido escupir, capacidad 42 pasajeros sentados, pasaban por Bánfield a toda carrera, ¡vuuuúm! campo más campo más campo mezclado con el gusto del milkibar y las pastillas de mentol. Inés le había aconsejado que fuera tejiendo la mañanita de lana verde, de manera que Isabel la llevaba en lo más escondido del maletín, pobre Inés con cada idea tan pava.

En la estación le vino un poco de miedo, porque si el *break*... Pero estaba ahí, con don Nicanor florido y respetuoso, niña de aquí y niña de allá, si el viaje bueno, si doña Elisa siempre guapa, claro que había llovido —Oh andar del *break*, vaivén para traerle el entero acuario de su anterior venida a Los Horneros. Todo más menudo, más de cristal y rosa, sin el tigre entonces, con don Nicanor menos canoso, apenas tres años atrás, Nino un sapo, Nino un pescado, y las manos de Rema que daban deseos de llorar y sentirlas eternamente contra su cabeza, en una caricia casi de muerte y de vainillas con crema, las dos mejores cosas de la vida.

Le dieron un cuarto arriba, entero para ella, lindísimo. Un cuarto para grande (idea de Nino, todo rulos negros y ojos, bonito en su mono azul; claro que de tarde Luis lo hacía vestir muy bien, de gris pizarra con corbata colorada) y dentro otro cuarto chiquito con un cardenal enorme y salvaje. El baño quedaba a dos puertas (pero internas, de modo que se podía ir sin averiguar antes dónde estaba el tigre), lleno de canillas y metales, aunque a Isabel no la engañaban fácil y ya en el baño se notaba bien el campo, las cosas no eran tan perfectas como en un baño de ciudad. Olía a viejo, la segunda mañana encontró un bicho de humedad paseando por el lavabo. Lo tocó apenas, se hizo una bolita temerosa, perdió pie y se fue por el agujero gorgoteante.

Querida mamá tomo la pluma para — Comían en el comedor de cristales, donde se estaba más fresco. El Nene se quejaba a cada momento del calor, Luis no decía nada pero poco a poco se le veía brotar el agua en la frente y la barba. Solamente Rema estaba tranquila, pasaba los platos despacio y siempre como si la comida fuera de cumpleaños, un poco solemne y emocionante. (Isabel aprendía en secreto su manera de trinchar, de dirigir a las sirvientitas). Luis casi siempre leía, los puños en las sienes y el libro apoyado en un sifón. Rema le tocaba el brazo antes de pasarle un plato, y a veces el Nene lo interrumpía y lo llamaba filósofo. A Isabel le dolía que Luis fuera filósofo, no por eso sino por el Nene, porque entonces el Nene tenía pretexto para burlarse y decírselo.

Comían así: Luis en la cabecera, Rema y Nino en un lado, el Nene e Isabel del otro, de manera que había un grande en la punta y a los lados un chico y un grande. Cuando Nino quería decirle algo de veras le daba con el zapato en la canilla. Una vez Isabel gritó y el Nene se puso furioso y le dijo malcriada. Rema se quedó mirándola, hasta que Isabel se consoló en su mirada y la sopa juliana.

Mamita, antes de ir a comer es como en todos los otros momentos, hay que fijarse si — Casi siempre era Rema la que iba a ver si se podía pasar al comedor de cristales. Al segundo día vino al living grande y les dijo que esperaran. Pasó un rato largo hasta que un peón avisó que el tigre estaba en el jardín de los tréboles, entonces Rema tomó a los chicos de la mano y entraron todos a comer. Esta mañana las papas estuvieron resecas, aunque solamente el Nene y Nino protestaron.

Vos me dijiste que no debo andar haciendo — Porque Rema parecía detener, con su tersa bondad, toda pregunta. Estaban tan bien que no era necesario preocuparse por lo de las piezas. Una casa grandísima, y en el peor de los casos había que no entrar en una habitación; nunca más de una, de modo que no importaba. A los dos días Isabel se habituó igual que Nino. Jugaban de la mañana a la noche en el bosque de sauces, y si no se podía en el bosque de sauces les quedaba el jardín de los tréboles, el parque de las hamacas y la costa del arroyo. En la casa era lo mismo, tenían sus dormitorios, el corredor del medio, la biblioteca de abajo (salvo un jueves en que no se pudo ir a la biblioteca) y el comedor de cristales. Al estudio de Luis no iban porque Luis leía todo el tiempo, a veces llamaba a su hijo y le daba libros con figuras; pero Nino los sacaba de ahí, se iban a mirarlos al living o al jardín del frente. No entraban nunca en el estudio del Nene porque tenían miedo de sus rabias. Rema les dijo que era mejor así, se lo dijo como advirtiéndoles; ellos ya sabían leer en sus silencios.

Al fin y al cabo era una vida triste. Isabel se preguntó una noche por qué los Funes la habrían invitado a veranear. Le faltó edad para comprender que no era por ella sino por Nino, un juguete estival para alegrar a Nino. Sólo alcanzaba a advertir la casa triste, que Rema estaba como cansada, que apenas llovía y las cosas tenían, sin embargo, algo de húmedo y abandonado. Después de unos días se habituó al orden de la casa, a la no difícil disciplina de aquel verano en Los Horneros. Nino empezaba a comprender el microscopio que le regalara Luis, pasaron una semana espléndida criando bichos en una batea con agua estancada y hojas de cala, poniendo gotas en la placa de vidrio para mirar los microbios. «Son larvas de mosquito,

con ese microscopio no van a ver microbios», les decía Luis desde su sonrisa un poco quemada y lejana. Ellos no podían creer que ese rebullente
horror no fuese un microbio. Rema les trajo un calidoscopio que guardaba
en su armario, pero siempre les gustó más descubrir microbios y numerar-
les las patas. Isabel llevaba una libreta con los apuntes de los experimentos,
combinaba la biología con la química y la preparación de un botiquín. Hicieron el botiquín en el cuarto de Nino, después de requisar la casa para
proveerse de cosas. Isabel se lo dijo a Luis: «Queremos de todo: cosas».
Luis les dio pastillas de Andréu, algodón rosado, un tubo de ensayo. El
Nene, una bolsa de goma y un frasco de píldoras verdes con la etiqueta
raspada. Rema fue a ver el botiquín, leyó el inventario en la libreta, y les
dijo que estaban aprendiendo cosas útiles. A ella o a Nino (que siempre se
excitaba y quería lucirse delante de Rema) se les ocurrió montar un herbario. Como esa mañana se podía ir al jardín de los tréboles, anduvieron
sacando muestras y a la noche tenían el piso de sus dormitorios llenos de
hojas y flores sobre papeles, casi no quedaba dónde pisar. Antes de dormirse, Isabel apuntó: «Hoja número 74: verde, forma de corazón, con pintitas
marrones». Le fastidiaba un poco que casi todas las hojas fueran verdes,
casi todas lisas, casi todas lanceoladas.

El día que salieron a cazar las hormigas, vio a los peones de la estancia.
Al capataz y al mayordomo los conocía bien porque iban con las noticias a
la casa. Pero estos otros peones, más jóvenes, estaban ahí del lado de los galpones con un aire de siesta, bostezando a ratos y mirando jugar a los niños.
Uno le dijo a Nino: «Pa que vaj a juntar tó esos bichos», y le dio con dos dedos en la cabeza, entre los rulos. Isabel hubiera querido que Nino se enojara,

que demostrase ser el hijo del patrón. Ya estaban con la botella hirviendo de hormigas y en la costa del arroyo dieron con un enorme cascarudo y lo tiraron también adentro, para ver. La idea del formicario la habían sacado del Tesoro de la Juventud, y Luis les prestó un largo y profundo cofre de cristal. Cuando se iban, llevándolo entre los dos, Isabel le oyó decirle a Rema: «Mejor que se estén así quietos en casa». También le pareció que Rema suspiraba. Se acordó antes de dormirse, a la hora de las caras en la oscuridad, lo vio otra vez al Nene saliendo a fumar al porche, delgado y canturreando, a Rema que le llevaba el café y él que tomaba la taza equivocándose, tan torpe que apretó los dedos de Rema al tomar la taza, Isabel había visto desde el comedor que Rema tiraba la mano atrás y el Nene salvaba apenas la taza de caerse, y se reía con la confusión. Mejor hormigas negras que coloradas: más grandes, más feroces. Soltar después un montón de coloradas, seguir la guerra detrás del vidrio, bien seguros. Salvo que no se pelearan. Dos hormigueros, uno en cada esquina de la caja de vidrio. Se consolarían estudiando las distintas costumbres, con una libreta especial para cada clase de hormigas. Pero casi seguro que se pelearían, guerra *sin cuartel* para mirar por los vidrios, y una sola libreta.

A Rema no le gustaba espiarlos, a veces pasaba delante de los dormitorios y los veía con el formicario al lado de la ventana, apasionados e importantes. Nino era especial para señalar en seguida las nuevas galerías, e Isabel ampliaba el plano trazado con tinta a doble página. Por consejo de Luis terminaron aceptando hormigas negras solamente, y el formicario ya era enorme, las hormigas parecían furiosas y trabajaban hasta la noche, cavando y removiendo con mil órdenes y evoluciones, avisado frotar de antenas y patas, repentinos arranques de furor o vehemencia, concentraciones y desbandes sin causa visible. Isabel no sabía ya qué apuntar, dejó poco a poco la libreta y se pasaban horas estudiando y olvidándose los descubrimientos. Nino empezaba a querer volver al jardín, aludía a las hamacas y a los petisos. Isabel lo despreciaba un poco. El formicario valía más que todo Los Horneros, y a ella le encantaba pensar que las hormigas iban y venían sin miedo a ningún tigre, a veces le daba por imaginarse un tigrecito chico como una goma de borrar, rondando las galerías del formicario; tal vez por eso los desbandes, las concentraciones. Y le gustaba repetir el mundo grande en el de cristal, ahora que se sentía un poco presa, ahora que estaba prohibido bajar al comedor hasta que Rema les avisara.

Acercó la nariz a uno de los vidrios, de pronto atenta porque le gustaba que la consideraran; oyó a Rema detenerse en la puerta, callar, mirarla. Esas cosas las oía con tan nítida claridad cuando era Rema.

—¿Por qué así sola?

—Nino se fue a las hamacas. Me parece que ésta debe ser una reina, es grandísima.

El delantal de Rema se reflejaba en el vidrio. Isabel le vio una mano levemente alzada, con el reflejo en el vidrio parecía como si estuviera dentro del formicario, de pronto pensó en la misma mano dándole la taza de café al Nene, pero ahora eran las hormigas que le andaban por los dedos, las hormigas en vez de la taza y la mano del Nene apretándole las yemas.

—Saque la mano, Rema —pidió.

—¿La mano?

—Ahora está bien. El reflejo asustaba a las hormigas.

—Ah. Ya se puede bajar al comedor.

—Después. ¿El Nene está enojado con usted, Rema?

La mano pasó sobre el vidrio como un pájaro por una ventana. A Isabel le pareció que las hormigas se espantaban de veras, que huían del reflejo. Ahora ya no se veía nada, Rema se había ido, andaba por el corredor como escapando de algo. Isabel sintió miedo de su pregunta, un miedo sordo y sin sentido, quizá no de la pregunta como de verla irse así a Rema, del vidrio otra vez límpido donde las galerías desembocaban y se torcían como crispados dedos dentro de la tierra.

Una tarde hubo siesta, sandía, pelota a paleta en la pared que miraba al arroyo, y Nino estuvo espléndido sacando tiros que parecían perdidos y subiéndose al techo por la glicina para desenganchar la pelota metida entre dos tejas. Vino un peoncito del lado de los sauces y los acompañó a jugar, pero era lerdo y se le iban los tiros. Isabel olía hojas de aguaribay y en un momento, al devolver con un revés una pelota insidiosa que Nino le mandaba baja, sintió como muy adentro la felicidad del verano. Por primera vez entendía su presencia en Los Horneros, las vacaciones, Nino. Pensó en el formicario, allá arriba, y era una cosa muerta y rezumante, un horror de patas buscando salir, un aire viciado y venenoso. Golpeó la pelota con rabia, con alegría, cortó un tallo de aguaribay con los dientes y lo escupió asqueada, feliz, por fin de veras bajo el sol del campo.

Los vidrios cayeron como granizo. Era en el estudio del Nene. Lo vieron asomarse en mangas de camisa, con los anchos anteojos negros.

—¡Mocosos de porquería!

El peoncito escapaba. Nino se puso al lado de Isabel, ella lo sintió temblar con el mismo viento que los sauces.

—Fue sin querer, tío.

—De veras, Nene, fue sin querer.

Ya no estaba.

Le había pedido a Rema que se llevara el formicario y Rema se lo prometió. Después, charlando mientras la ayudaba a colgar su ropa y a ponerse el
piyama, se olvidaron. Isabel sintió la cercanía de las hormigas cuando Rema
le apagó la luz y se fue por el corredor a darle las buenas noches a Nino todavía lloroso y dolido, pero no se animó a llamarla de nuevo, Rema hubiera
pensado que era una chiquilina. Se propuso dormir en seguida, y se desveló
como nunca. Cuando fue el momento de las caras en la oscuridad, vio a su
madre y a Inés mirándose con un sonriente aire de cómplices y poniéndo-
se unos guantes de fosforescente amarillo. Vio a Nino llorando, a su madre
y a Inés con los guantes que ahora eran gorros violeta que les giraban y giraban en la cabeza, a Nino con ojos enormes y huecos —tal vez por haber
llorado tanto— y previo que ahora vería a Rema y a Luis, deseaba verlos y
no al Nene, pero vio al Nene sin los anteojos, con la misma cara contraída
que tenía cuando empezó a pegarle a Nino y Nino se iba echando atrás
hasta quedar contra la pared y lo miraba como esperando que eso concluyera,
y el Nene volvía a cruzarle la cara con un bofetón suelto y blando que sonaba
a mojado, hasta que Rema se puso delante y él se rio con la cara casi tocando
la de Rema, y entonces se oyó volver a Luis y decir desde lejos que ya podían
ir al comedor de adentro. Todo tan rápido, todo porque Nino estaba ahí y
Rema vino a decirles que no se movieran del living hasta que Luis verificara
en qué pieza estaba el tigre, y se quedó con ellos mirándolos jugar a las damas.
Nino ganaba y Rema lo elogió, entonces Nino se puso tan contento que le
pasó los brazos por el talle y quiso besarla. Rema se había inclinado, riéndose,

y Nino la besaba en los ojos y la nariz, los dos se reían y también Isabel, estaban tan contentos jugando así. No vieron acercarse al Nene, cuando estuvo al lado arrancó a Nino de un tirón, le dijo algo del pelotazo al vidrio de su cuarto y le empezó a pegar, miraba a Rema cuando pegaba, parecía furioso contra Rema y ella lo desafió un momento con los ojos, Isabel asustada la vio que lo encaraba y se ponía delante para proteger a Nino. Toda la cena fue un disimulo, una mentira, Luis creía que Nino lloraba por un porrazo, el Nene miraba a Rema como mandándola que se callara, Isabel lo veía ahora con la boca dura y hermosa, de labios rojísimos; en la tiniebla los labios eran todavía más escarlata, se le veía un brillo de dientes naciendo apenas. De los dientes salió una nube esponjosa, un triángulo verde, Isabel parpadeaba para borrar las imágenes y otra vez salieron Inés y su madre con guantes amarillos; las miró un momento y pensó en el formicario: eso estaba ahí y no se veía; los guantes amarillos no estaban y ella los veía en cambio como a pleno sol. Le pareció casi curioso, no podía hacer salir el formicario, más bien lo alcanzaba como un peso, un pedazo de espacio denso y vivo. Tanto lo sintió que se puso a buscar los fósforos, la vela de noche. El formicario saltó de la nada envuelto en penumbra oscilante. Isabel se acercaba llevando la vela. Pobres hormigas, iban a creer que era el sol que salía. Cuando pudo mirar uno de los lados, tuvo miedo; en plena oscuridad las hormigas habían estado trabajando. Las vio ir y venir, bullentes, en un silencio tan visible, tan palpable. Trabajaban allí adentro, como si no hubieran perdido todavía la esperanza de salir.

Casi siempre era el capataz el que avisaba de los movimientos del tigre; Luis le tenía la mayor confianza y como se pasaba casi todo el día trabajando en su estudio, no salía nunca ni dejaba moverse a los que venían del piso alto hasta que don Roberto mandaba su informe. Pero también tenían que confiar entre ellos. Rema, ocupada en los quehaceres de adentro, sabía bien lo que pasaba en la planta baja y arriba. Otras veces eran los chicos que traían la noticia al Nene o a Luis. No porque vieran nada, pero si don Roberto los encontraba afuera les marcaba el paradero del tigre y ellos volvían a avisar. A Nino le creían todo, a Isabel menos porque era nueva y podía equivocarse. Después, como andaba siempre con Nino pegado a sus polleras, terminaron creyéndole lo mismo. Eso, de mañana y de tarde; por la noche era el Nene quien salía a verificar si los perros estaban atados o si no había quedado rescoldo cerca de las casas. Isabel vio que llevaba el revólver y a veces un bastón con puño de plata.

A Rema no quería preguntarle porque Rema parecía encontrar en eso algo tan obvio y necesario; preguntarle hubiera sido pasar por tonta, y ella cuidaba su orgullo delante de otra mujer. Nino era fácil, hablaba y refería. Todo tan claro y evidente cuando él lo explicaba. Sólo por la noche, si quería repetirse esa claridad y esa evidencia, Isabel se daba cuenta de que las razones importantes continuaban faltando. Aprendió pronto lo que de veras importaba: verificar previamente si se podía salir de la casa o bajar al comedor de cristales, al estudio de Luis, a la biblioteca. «Hay que fiar en don Roberto», había dicho Rema. También en ella, y en Nino. A Luis no le preguntaba porque pocas veces sabía. Al Nene, que sabía siempre, no le preguntó jamás. Y así todo era fácil, la vida se organizaba para Isabel con algunas obligaciones más del lado de los movimientos, y algunas menos del lado de la ropa, las comidas, la hora de dormir. Un veraneo de veras, como debería ser el año entero.

... verte pronto. Ellos están bien. Con Nino tenemos un formicario y jugamos y llevamos un herbario muy grande. Rema te manda besos, está bien. Yo

la encuentro triste, lo mismo a Luis que es muy bueno. Yo creo que Luis tiene algo, y eso que estudia tanto. Rema me dio unos pañuelos de colores preciosos, a Inés le van a gustar. Mamá esto es lindo y yo me divierto con Nino y don Roberto, es el capataz, y nos dice cuándo podemos salir y adónde, una tarde casi se equivoca y nos manda a la costa del arroyo, en eso vino un peón a decir que no, vieras qué afligido estaba don Roberto y después Rema, lo alzó a Nino y lo estuvo besando, y a mí me apretó tanto. Luis anduvo diciendo que la casa no era para chicos, y Nino le preguntó quiénes eran los chicos y todos se rieron, hasta el Nene se reía. Don Roberto es el capataz.

Si vinieras a buscarme te quedarías unos días y podrías estar con Rema y alegrarla. Yo creo que ella...

Pero decirle a su madre que Rema lloraba de noche, que la había oído llorar pasando por el corredor a pasos titubeantes, pararse en la puerta de Nino, seguir, bajar la escalera (se estaría secando los ojos) y la voz de Luis, lejana: «¿Qué tenés, Rema? ¿No estás bien?», un silencio, toda la casa como una inmensa oreja, después un murmullo y otra vez la voz de Luis: «Es un miserable, un miserable...», casi como comprobando fríamente un hecho, una filiación, tal vez un destino.

... está un poco enferma, le haría bien que vinieras y la acompañaras. Tengo que mostrarte el herbario y unas piedras del arroyo que me trajeron los peones. Decile a Inés...

Era una noche como le gustaban a ella, con bichos, humedad, pan recalentado y flan de sémola con pasas de corinto. Todo el tiempo ladraban los perros sobre la costa del arroyo, un mamboretá enorme se plantó de un vuelo en el mantel y Nino fue a buscar la lupa, lo taparon con un vaso ancho y lo hicieron rabiar para que mostrase los colores de las alas.

—Tirá ese bicho —pidió Rema—. Les tengo tanto asco.

—Es un buen ejemplar —admitió Luis—. Miren cómo sigue mi mano con los ojos. El único insecto que gira la cabeza.

—Qué maldita noche —dijo el Nene detrás de su diario.

Isabel hubiera querido decapitar al mamboretá, darle un tijeretazo y ver qué pasaba.

—Dejalo dentro del vaso —pidió a Nino—. Mañana lo podríamos meter en el formicario y estudiarlo.

El calor subía, a las diez y media no se respiraba. Los chicos se quedaron con Rema en el comedor de adentro, los hombres estaban en sus estudios. Nino fue el primero en decir que tenía sueño.

—Subí solo, yo voy después a verte. Arriba está todo bien —y Rema lo ceñía por la cintura, con un gesto que a él le gustaba tanto.

—¿Nos contás un cuento, tía Rema?

—Otra noche.

Se quedaron solas, con el mamboretá que las miraba. Vino Luis a darles las buenas noches, murmuró algo sobre la hora en que los chicos debían irse a la cama, Rema le sonrió al besarlo.

—Oso gruñón —dijo, e Isabel inclinada sobre el vaso del mamboretá pensó que nunca había visto a Rema besando al Nene y a un mamboretá de un verde tan verde. Le movía un poco el vaso y el mamboretá rabiaba. Rema se acercó para pedirle que fuera a dormir.

—Tira ese bicho, es horrible.

—Mañana, Rema.

Le pidió que subiera a darle las buenas noches. El Nene tenía entornada la puerta de su estudio y estaba paseándose en mangas de camisa, con el cuello suelto. Le silbó al pasar.

—Me voy a dormir, Nene.

—Oíme: decile a Rema que me haga una limonada bien fresca y me la traiga aquí. Después subís nomás a tu cuarto.

Claro que iba a subir a su cuarto, no veía por qué tenía él que mandárselo. Volvió al comedor para decirle a Rema, vio que vacilaba.

—No subas todavía. Voy a hacer la limonada y se la llevás vos misma.

—Él dijo que...

—Por favor.

Isabel se sentó al lado de la mesa. Por favor. Había nubes de bichos girando bajo la lámpara de carburo, se hubiera quedado horas mirando la nada y repitiendo: Por favor, por favor. Rema, Rema. Cuánto la quería, y esa voz de tristeza sin fondo, sin razón posible, la voz misma de la tristeza. Por favor. Rema, Rema... Un calor de fiebre le ganaba la cara, un deseo de tirarse a los pies de Rema, de dejarse llevar en brazos por Rema, una voluntad de morirse mirándola y que Rema le tuviera lástima, le pasara finos dedos frescos por el pelo, por los párpados...

Ahora le alcanzaba una jarra verde llena de limones partidos y hielo.

—Llevásela.

—Rema...

Le pareció que temblaba, que se ponía de espaldas a la mesa para que ella no le viese los ojos.

—Ya tiré el mamboretá, Rema.

Se duerme mal con el calor pegajoso y tanto zumbar de mosquitos. Dos veces estuvo a punto de levantarse, salir al corredor o ir al baño a mojarse las muñecas y la cara. Pero oía andar a alguien, abajo, alguien se paseaba de un lado al otro del comedor, llegaba al pie de la escalera, volvía... No eran los pasos oscuros y espaciados de Luis, no era el andar de Rema. Cuánto calor tenía esa noche el Nene, cómo se habría bebido a largos sorbos la limonada. Isabel lo veía bebiendo de la jarra, las manos sosteniendo la jarra verde con rodajas amarillas oscilando en el agua bajo la lámpara; pero a la vez estaba segura de que el Nene no había bebido la limonada, que estaba aún mirando la jarra que ella le llevara hasta la mesa como alguien que mira una perversidad infinita. No quería pensar en la sonrisa del Nene, su ir hasta la puerta como para asomarse al comedor, su retorno lento.

—Ella tenía que traérmela. A vos te dije que subieras a tu cuarto.

Y no ocurrírsele más que una respuesta tan idiota:

—Está bien fresca, Nene.

Y la jarra verde como el mamboretá.

Nino se levantó el primero y le propuso ir a buscar caracoles al arroyo. Isabel casi no había dormido, recordaba salones con flores, campanillas, corredores de clínica, hermanas de caridad, termómetros en bocales con bicloruro, imágenes de primera comunión, Inés, la bicicleta rota, el Tren Mixto, el disfraz de gitana de los ocho años. Entre todo eso, como delgado aire entre hojas de álbum, se veía despierta, pensando en tantas cosas que no eran flores, campanillas, corredores de clínica. Se levantó de mala gana, se lavó duramente las orejas. Nino dijo que eran las diez y que el tigre estaba en la sala del piano, de modo que podían irse en seguida al arroyo. Bajaron juntos, saludando apenas a Luis y al Nene que leían con las puertas abiertas. Los caracoles quedaban en la costa sobre los trigales. Nino anduvo quejándose de la distracción de Isabel, la trató de mala compañera y de que no ayudaba a formar la colección. Ella lo veía de repente tan chico, tan un muchachito entre sus caracoles y sus hojas.

Volvió la primera, cuando en la casa izaban la bandera para el almuerzo. Don Roberto venía de inspeccionar e Isabel le preguntó como siempre. Ya Nino se acercaba despacio, cargando la caja de los caracoles y los rastrillos, Isabel lo ayudó a dejar los rastrillos en el porche y entraron juntos. Rema estaba ahí, blanca y callada. Nino le puso un caracol azul en la mano.

—Para vos, el más lindo.

El Nene ya comía, con el diario al lado, a Isabel le quedaba apenas sitio para apoyar el brazo. Luis vino el último de su cuarto, contento como siempre a mediodía. Comieron, Nino hablaba de los caracoles, los huevos de caracoles en las cañas, la colección por tamaños o colores. Él los mataría solo, porque a Isabel le daba pena, los pondría a secar en una chapa de zinc. Después vino el café y Luis los miró con la pregunta usual, entonces Isabel se levantó la primera para buscar a don Roberto, aunque don Roberto ya le había dicho antes. Dio vuelta al porche y cuando entró otra vez, Rema y Nino tenían las cabezas juntas sobre los caracoles, estaban como en una fotografía de familia, solamente Luis la miró y ella dijo: «Está en el estudio del Nene», se quedó viendo cómo el Nene alzaba los hombros, fastidiado, y Rema que tocaba un caracol con la punta del dedo, tan delicadamente que también su dedo tenía algo de caracol. Después Rema se levantó para ir a buscar más azúcar, e Isabel fue detrás de ella charlando hasta que volvieron riendo por una broma que habían cambiado en la antecocina. Como a Luis le faltaba tabaco y mandó a Nino a su estudio, Isabel lo desafió a que encontraba primero los cigarrillos y salieron juntos. Ganó Nino, volvieron corriendo y empujándose, casi chocan con el Nene que se iba a leer el diario a la biblioteca, quejándose por no poder usar su estudio. Isabel se acercó a mirar los caracoles, y Luis esperando que le encendiera como siempre el cigarrillo la vio perdida, estudiando los caracoles que empezaban despacio a asomar y moverse, mirando de pronto a Rema, pero saliéndose de ella como una ráfaga, y obsesionada por los caracoles, tanto que no se movió al primer alarido del Nene, todos corrían ya y ella estaba sobre los caracoles como si no oyera el nuevo grito ahogado del Nene, los golpes de Luis en la puerta de la biblioteca, don Roberto que entraba con perros, las quejas del Nene entre los ladridos furiosos de los perros, y Luis repitiendo: «¡Pero si estaba en el estudio de él! ¡Ella dijo que estaba en el estudio de él!», inclinada sobre los caracoles esbeltos como dedos, quizá como los dedos de Rema, o era la mano de Rema que le tomaba el hombro, le hacía alzar la cabeza para mirarla, para estarla mirando una eternidad, rota por su llanto feroz contra la pollera de Rema, su alterada alegría, y Rema pasándole la mano por el pelo, calmándola con un suave apretar de dedos y un murmullo contra su oído, un balbucear como de gratitud, de innominable aquiescencia.

LOS DISCURSOS
DEL PINCHAJETA

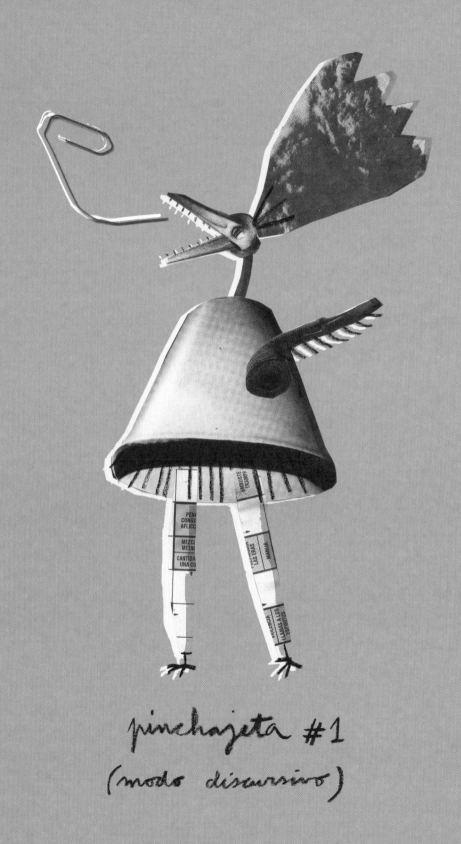

pinchajeta #1
(modo discursivo)

En casa tengo un pinchajeta muy raro. Apenas se apagan las campanas de Saint-Roch, mi pinchajeta se endereza sobre las patas y empieza a dirigirme su discurso cotidiano. Hundido en mi sillón de mimbre, hace años que trato de fingir indiferencia puesto que las frases de esa criatura no deberían preocuparme, pero hasta ahora mi pinchajeta ha sido siempre más astuto que yo. De manera que apenas comienza su discurso, enunciado en una forma sobre todo onomatopéyica pero fácil de descifrar, estoy obligado a escucharlo como quien dice en estado de alerta, manifestando sin la menor ambigüedad mi aprobación y mi contento.

Si todo terminara ahí, al cabo de unos veinte minutos me sería dado sumirme nuevamente en las memorias de Saint-Simon, pero mi pinchajeta no se da por satisfecho de ninguna manera. Apenas acabado su discurso, me exige que lo resuma en algunas frases. Es el momento más penoso de la noche, porque con frecuencia me sucede perder el hilo de mis pensamientos. Para no citar más que un ejemplo, si su discurso de esa noche gira en torno al sonido **a**, del cual es capaz de extraer interminables modulaciones, cambios armónicos y derivaciones hacia el **e** o el **o** (digamos la gama de los **aae**, **aea**, **aee**, **aoa**, **aoo**, **aeoa**, **aeeoo**, etcétera), bastará que me vea en la imposibilidad de establecer el puente lógico entre dos estados de la materia del discurso para que todo el edificio se venga abajo. Entonces la rabia de mi pinchajeta no conoce límites, y por desgracia he debido soportar muchas veces las consecuencias. En primer término está la cuestión del cenicero. Si se ha enojado por las razones que acabo de exponer (aunque la variedad es infinita), será inútil pedirle a mi pinchajeta que me traiga el cenicero para fumar mi cigarro de las nueve y media. Frente a mi petición reaccionará inopinadamente, ya sea dejándose caer en el cesto de los papeles o metiéndose bajo la mesa de juego para desde allí mirarme, la boca entre las patas, con un aire vagamente esfingíaco. Por mi parte la incapacidad de resumir el discurso me pone casi siempre en un estado del que lo menos que puede decirse es que mi bilis se lanza hacia vórtices de una extrema complejidad psicológica. Semejante situación sólo puede provocar tensiones que el tiempo, cuerda de reloj abominable, multiplica como en un juego de espejos belgas. Por eso resulta casi natural, aunque esta palabra parezca aquí un tanto fuera de lugar, que terminemos por insultarnos de la manera más minuciosa y que mi pinchajeta, indiferente a las graves consecuencias que puede acarrear su conducta en la economía de la casa, me arranque de la mano el pañuelo de batista para secar las lágrimas que la cólera provoca en su nariz más que en sus ojos llameantes. A esa altura de la crisis me es dado medir hasta qué punto domino a mi pinchajeta, pues esta criatura no se atreve a ir más allá de sus maniobras con el cenicero o el pañuelo, aunque dada mi inmovilidad forzosa le sería fácil someterme a vejámenes por lo menos desconsiderados. Imposible dejar de comprobar en situaciones parecidas que un alma de pinchajeta no va más allá del dedo meñique, y eso induce a una cierta conmiseración y olvido, aunque más no sea porque facilita el silencio y el recogimiento. En efecto, a partir de ese minuto la casa quedará silenciosa; con resumen o sin resumen el discurso ha terminado, el cenicero ha sido traído o negado, el pañuelo sigue o no en mi mano. No nos queda más que mirarnos fijamente, cada uno en su lugar, dejando que sobre nosotros se cierre la gran bóveda de la noche. Hasta las siete y cuarto de la mañana no nos traerán el desayuno. Tenemos tiempo de sobra, como se ve.

pinchajeta #2

(modus
cooperador)

ORIENTACIÓN
DE LOS GATOS

Cuando Alana y Osiris me miran no puedo quejarme del menor disimulo, de la menor duplicidad. Me miran de frente, Alana su luz azul y Osiris su rayo verde. También entre ellos se miran así, Alana acariciando el negro lomo de Osiris que alza el hocico del plato de leche y maúlla satisfecho, mujer y gato conociéndose desde planos que se me escapan, que mis caricias no alcanzan a rebasar. Hace tiempo que he renunciado a todo dominio sobre Osiris, somos buenos amigos desde una distancia infranqueable; pero Alana es mi mujer y la distancia entre nosotros es otra, algo que ella no parece sentir pero que se interpone en mi felicidad cuando Alana me mira, cuando me mira de frente igual que Osiris y me sonríe o me habla sin la menor reserva, dándose en cada gesto y cada cosa como se da en el amor, allí donde todo su cuerpo es como sus ojos, una entrega absoluta, una reciprocidad ininterrumpida.

Es extraño, aunque he renunciado a entrar de lleno en el mundo de Osiris, mi amor por Alana no acepta esa llaneza de cosa concluida, de pareja para siempre, de vida sin secretos. Detrás de esos ojos azules hay más, en el fondo de las palabras y los gemidos y los silencios alienta otro reino, respira otra Alana. Nunca se lo he dicho, la quiero demasiado para trizar esta superficie de felicidad por la que ya se han deslizado tantos días, tantos años. A mi manera me obstino en comprender, en descubrir; la observo pero sin espiarla; la sigo pero sin desconfiar; amo una maravillosa estatua mutilada, un texto no terminado, un fragmento de cielo inscrito en la ventana de la vida.

Hubo un tiempo en que la música me pareció el camino que me llevaría de verdad a Alana; mirándola escuchar nuestros discos de Bartók, de Duke Ellington, de Gal Costa, una transparencia paulatina me ahondaba en ella, la música la desnudaba de una manera diferente, la volvía cada vez más Alana porque Alana no podía ser solamente esa mujer que siempre me había mirado de lleno sin ocultarme nada. Contra Alana, más allá de Alana, yo la buscaba para amarla mejor; y si al principio la música me dejó entrever otras Alanas, llegó el día en que frente a un grabado de Rembrandt la vi cambiar todavía más, como si un juego de nubes en el cielo alterara bruscamente las luces y las sombras de un paisaje. Sentí que la pintura la llevaba más allá de sí misma para ese único espectador que podía medir la instantánea metamorfosis nunca repetida, la entrevisión de Alana en Alana. Intercesores involuntarios, Keith Jarrett, Beethoven y Aníbal Troilo me habían ayudado a acercarme, pero frente a un cuadro o un grabado Alana se despojaba todavía más de eso que creía ser, por un momento entraba en un mundo imaginario para sin saberlo salir de sí misma, yendo de una pintura a otra, comentándolas o callando, juego de cartas que cada nueva contemplación barajaba para aquel que sigiloso y atento, un poco atrás o llevándola del brazo, veía sucederse las reinas y los ases, los piques y los tréboles, Alana.

¿Qué se podía hacer con Osiris? Darle su leche, dejarlo en su ovillo negro satisfactorio y ronroneante; pero a Alana yo podía traerla a esta galería de cuadros como lo hice ayer, una vez más asistir a un teatro de espejo y de cámaras oscuras, de imágenes tensas en la tela frente a esa otra imagen de alegres jeans y blusa roja que después de aplastar el cigarrillo a la entrada iba de cuadro en cuadro, deteniéndose exactamente a la distancia que su mirada requería, volviéndose a mí de tanto en tanto para comentar o comparar. Jamás hubiera podido descubrir que yo no estaba ahí por los cuadros, que un poco atrás o de lado mi manera de mirar nada tenía que ver con la suya. Jamás se daría cuenta de que su lento y reflexivo paso de cuadro en cuadro la cambiaba hasta obligarme a cerrar los ojos y luchar para no apretarla en los brazos y llevármela al delirio, a una locura de carrera en plena calle. Desenvuelta, liviana en su naturalidad de goce y descubrimiento, sus altos y sus demoras se inscribían en un tiempo diferente del mío, ajeno a la crispada espera de mi sed.

Hasta entonces todo había sido un vago anuncio. Alana en la música. Alana frente a Rembrandt. Pero ahora mi esperanza empezaba a cumplirse casi insoportablemente; desde nuestra llegada Alana se había dado a las pinturas con una atroz inocencia de camaleón, pasando de un estado a otro sin saber que un espectador agazapado acechaba en su actitud, en la inclinación de su cabeza, en el movimiento de sus manos o sus labios el cromatismo interior que la recorría hasta mostrarla otra, allí donde la otra era siempre Alana sumándose a Alana, las cartas agolpándose hasta completar la baraja. A su lado, avanzando poco a poco a lo largo de los muros de la galería, la iba viendo darse a cada pintura, mis ojos multiplicaban un triángulo fulminante que se tendía de ella al cuadro y del cuadro a mí mismo para volver a ella y aprehender el cambio, la aureola diferente que la envolvía un momento para ceder después a un aura nueva, a una tonalidad que la exponía a la verdadera, a la última desnudez. Imposible prever hasta dónde se repetiría esa ósmosis, cuántas nuevas Alanas me llevarían por fin a la síntesis de la que saldríamos los dos colmados, ella sin saberlo y encendiendo un nuevo cigarrillo antes de pedirme que la llevara a tomar un trago, yo sabiendo que mi larga búsqueda había llegado a puerto y que mi amor abarcaría desde ahora lo visible y lo invisible, aceptaría la limpia mirada de Alana sin incertidumbres de puertas cerradas, de pasajes vedados.

Frente a una barca solitaria y un primer plano de rocas negras, la vi quedarse inmóvil largo tiempo; un imperceptible ondular de las manos la hacía como nadar en el aire, buscar el mar abierto, una fuga de horizontes. Ya no podía extrañarme que esa otra pintura donde una reja de agudas puntas vedaba el acceso a los árboles linderos la hiciera retroceder como buscando un punto de mira, de golpe era la repulsa, el rechazo de un límite inaceptable. Pájaros, monstruos marinos, ventanas dándose al silencio o dejando entrar un simulacro de la muerte, cada nueva pintura arrasaba a Alana despojándola de su color anterior, arrancando de ella las modulaciones de la libertad, del vuelo, de los grandes espacios, afirmando su negativa frente a la noche y a la nada, su ansiedad solar, su casi terrible impulso de ave fénix. Me quedé atrás sabiendo que no me sería posible soportar su mirada, su sorpresa interrogativa cuando viera en mi cara el deslumbramiento de la confirmación, porque eso era también yo, eso era mi proyecto Alana, mi vida Alana, eso había sido deseado por mí y refrenado por un presente de ciudad y parsimonia, eso ahora al fin Alana, al fin Alana y yo desde ahora, desde ya mismo. Hubiera querido tenerla desnuda en los brazos, amarla de tal manera que todo quedara claro, todo quedara dicho para siempre entre nosotros, y que de esa interminable noche de amor, nosotros que ya conocíamos tantas, naciera la primera alborada de la vida.

Llegábamos al final de la galería, me acerqué a la puerta de salida ocultando todavía la cara, esperando que el aire y las luces de la calle me volvieran a lo que Alana conocía de mí. La vi detenerse ante un cuadro que otros visitantes me habían ocultado, quedarse largamente inmóvil mirando la pintura de una ventana y un gato. Una última transformación hizo de ella una lenta estatua nítidamente separada de los demás, de mí que me acercaba indeciso buscándole los ojos perdidos en la tela. Vi que el gato era idéntico a Osiris y que miraba a lo lejos algo que el muro de la ventana no nos dejaba ver. Inmóvil en su contemplación, parecía menos inmóvil que la inmovilidad de Alana. De alguna manera sentí que el triángulo se había roto, cuando Alana volvió hacia mí la cabeza el triángulo ya no existía, ella había ido al cuadro pero no estaba de vuelta, seguía del lado del gato mirando más allá de la ventana donde nadie podía ver lo que ellos veían, lo que solamente Alana y Osiris veían cada vez que me miraban de frente.

INSTRUCCIONES PARA MATAR HORMIGAS EN ROMA

Las hormigas se comerán a Roma, está dicho. Entre las lajas andan; loba, ¿qué carrera de piedras preciosas te secciona la garganta? Por algún lado salen las aguas de las fuentes, las pizarras vivas, los camafeos temblorosos que en plena noche mascullan la historia, las dinastías y las conmemoraciones. Habría que encontrar el corazón que hace latir las fuentes para precaverlo de las hormigas, y organizar en esta ciudad de sangre crecida, de cornucopias erizadas como manos de ciego, un rito de salvación para que el futuro se lime los dientes en los montes, se arrastre manso y sin fuerza, completamente sin hormigas.

Primero buscaremos la orientación de las fuentes, lo cual es fácil porque en los mapas de colores, en las plantas monumentales, las fuentes tienen también surtidores y cascadas color celeste, solamente hay que buscarlas bien y envolverlas en un recinto de lápiz azul, no de rojo pues un buen mapa de Roma es rojo como Roma. Sobre el rojo de Roma el lápiz azul marcará un recinto violeta alrededor de cada fuente, y ahora estamos seguros de que las tenemos a todas y que conocemos el follaje de las aguas.

Más difícil, más recogido y sigiloso es el menester de horadar la piedra opaca bajo la cual serpentean las venas de mercurio, entender a fuerza de paciencia la cifra de cada fuente, guardar en noches de luna penetrante una vigilia enamorada junto a los vasos imperiales, hasta que de tanto susurro verde, de tanto gorgotear como de flores, vayan naciendo las direcciones, las confluencias, *las otras calles*, las vivas. Y sin dormir seguirlas, con varas de avellano en forma de horqueta, de triángulo, con dos varillas en cada mano, con una sola sostenida entre los dedos flojos, pero todo esto invisible a los carabineros y a la población amablemente recelosa, andar por el Quirinal, subir al Campidoglio, correr a gritos por el Pincio, aterrar con una aparición inmóvil como un globo de fuego el orden de la Piazza della Esedra y así extraer de los sordos metales del suelo la nomenclatura de los ríos subterráneos. Y no pedir ayuda a nadie, nunca.

Después se irá viendo cómo en esta mano de mármol desollado las venas vagan armoniosas, por placer de aguas, por artificio de juego, hasta poco a poco acercarse, confluir, enlazarse, crecer a arterias, derramarse duras en la plaza central donde palpita el tambor de vidrio líquido, la raíz de copas pálidas, el caballo profundo. Y ya sabremos dónde está, en qué napa de bóvedas calcáreas, entre menudos esqueletos de lémur, bate su tiempo el corazón del agua.

Costará saberlo, pero se sabrá. Entonces mataremos las hormigas que codician las fuentes, calcinaremos las galerías que esos mineros horribles tejen para acercarse a la vida secreta de Roma. Mataremos las hormigas con sólo llegar antes a la fuente central. Y nos iremos en un tren nocturno huyendo de lamias vengadoras, oscuramente felices, confundidos con soldados y con monjas.

SOBRE LA EXTERMINACIÓN DE LOS COCODRILOS EN AUVERNIA

Auvernia, 1952

Auvernia, 1930

CARTE POSTALE
UNION POSTALE UNIVERSELLE

El problema de la exterminación de los cocodrilos en Auvernia preocupa desde hace mucho a los gobernantes y administradores de esa región, que tropiezan con dificultades de todo orden para llevar a cabo su tarea y en varias oportunidades han estado a punto de abandonarla con pretextos atendibles, aunque evidentemente falaces.

Los pretextos son atendibles, pues en primer lugar no se sabe de nadie que haya declarado jamás haber visto un cocodrilo en Auvernia, cosa que dificulta desde un comienzo toda tentativa de exterminación de estos animales. Las encuestas más sutiles, basadas en los procedimientos preconizados por el Instituto Butantan y la FAO, tales como las indagaciones paralelas en las que nunca se pregunta por el tema central propiamente dicho sino que se acumulan datos marginales capaces de facilitar luego, por un método estructural, el conjunto que ponga en evidencia el objetivo buscado, se han saldado siempre por un fracaso completo. Tanto la gendarmería como los psicólogos encargados de estas diferentes investigaciones tienen la convicción de que las respuestas negativas e incluso la estupefacción que se trasluce en los interrogados, prueban inequívocamente la existencia de enormes cantidades de cocodrilos en Auvernia, y que dada la mentalidad propia de los campesinos existe entre ellos un tácito entendimiento ancestral que los lleva a manifestar su más profundo asombro cuando se los entrevista en sus granjas y tierras labrantías y se les pregunta si alguna vez han visto a un cocodrilo en las inmediaciones, o si un cocodrilo ha devorado las ovejas o los niños que constituyen sus medios de vida y de perpetuación.

No cabe la menor duda de que casi todos los campesinos han visto a los cocodrilos, pero como sospechan que el primero que los denuncie verá gravemente comprometida su tranquilidad personal y sus labores rurales, dejan pasar el tiempo a la espera de que algún otro campesino, exasperado por la devastación que estos nocivos animales llevan a cabo en sus campos y establos, se decida a formular una queja ante las autoridades. Según cálculos de la OMS, de cuatro a cinco siglos han pasado ya en esta expectativa, y es evidente que los cocodrilos aprovechan de esas circunstancias psicoeconómicas para multiplicarse y proliferar en Auvernia sin el menor inconveniente.

En los últimos tiempos se ha procurado convencer a algunos campesinos más instruidos o inteligentes de que no sólo no perderían nada si revelaran la existencia de los cocodrilos, sino que su exterminación mejoraría considerablemente el nivel de vida de esta provincia francesa. Para ello, los asistentes sociales y los psicólogos especialmente enviados desde los centros urbanos han dado las máximas garantías de que la denuncia de la existencia de los cocodrilos no comportaría ninguna molestia para el campesino que la formulara; en ningún caso se le pediría que abandonase sus tierras para repetir sus declaraciones en Clermont-Ferrand o en otra ciudad, no se invadiría su propiedad con fuerzas policiales, y no se envenenarían las aguas de sus manantiales. De hecho, bastaría que los cocodrilos fueran formalmente denunciados para que las autoridades aplicaran de inmediato el plan conjunto y general de liquidación de esos peligrosos saurios, plan preparado desde hace mucho tiempo en sus más mínimos detalles y cuya ejecución redundaría en un inmenso beneficio común.

De nada han valido las promesas. Hasta hoy no se sabe de nadie que haya visto a un cocodrilo en Auvernia, y aunque los investigadores poseen indicios científicos de que incluso los niños de más corta edad están perfectamente enterados de su existencia y la comentan entre ellos mientras juegan o dibujan, los cocodrilos siguen gozando de la maligna impunidad que les da su falsa inexistencia. Se comprende que en tales condiciones su exterminación resulte más que problemática, y que el peligro de bañarse en los ríos o pasear por los campos se intensifique a medida que pasan los años. Las frecuentes desapariciones de menores, que la policía se ve precisada a atribuir por necesidades estadísticas a la espeleología de aficionados o a la trata de blancas, responde sin duda alguna a las depredaciones de los cocodrilos. Es frecuente que los campesinos de tierras colindantes se disputen y hasta se degüellen luego de acusarse mutuamente de la desaparición de ovejas y terneros; en el mutismo obstinado que sigue a esas sangrientas riñas, los psicólogos han sospechado la oculta convicción de que los verdaderos culpables son los cocodrilos, y que las acusaciones personales responden como siempre al deseo de fingir una ignorancia que en el fondo no engaña a nadie. ¿Cómo explicar, por otra parte, que jamás se haya encontrado un esqueleto de cocodrilo muerto de vejez o enfermedad? Los pescadores de truchas de la región podrían responder seguramente a esa pregunta, pero también ellos callan; no es difícil imaginar que las frecuentes hogueras que se encienden por las noches so pretexto de hacer carbón de leña, encubren bajo espesas capas de ramas y troncos los restos que revelarían por fin la existencia de esos dañosos animales.

A la espera de que un descuido, una admisión involuntaria o cualquier otro beneficio del azar proporcione finalmente la prueba oficial necesaria, las autoridades han preparado desde hace años el dispositivo necesario para la exterminación de las enormes cantidades de cocodrilos que infestan la región de Auvernia. Gracias a la esclarecida cooperación de la UNESCO, los mejores especialistas africanos, indios y tailandeses han comunicado métodos y facilitado instrucciones que permitirían acabar en muy pocos meses con la plaga. En cada cabeza de distrito hay un funcionario que dispone de plenos poderes para llevar a término una operación fulminante contra los cocodrilos, y se cuenta con depósitos estratégicamente situados en los que se han reunido las armas y los venenos más eficaces. Cada semana se hacen ejercicios teóricos en las escuelas de gendarmería especializadas en la lucha contra los cocodrilos, y a la llegada del otoño, época en que estos reptiles desovan y muestran una mayor tendencia a reposar al sol y a aletargarse, se cumplen extensas maniobras en las zonas rurales, que incluyen el dragado de los ríos, la exploración de infinitas cavernas y pozos, y la batida sistemática de campos y pajares donde podrían esconderse las hembras para criar a sus pequeños. Todo ello, sin embargo, asume hasta ahora la forma exterior de una campaña ordinaria contra los insectos dañinos, las aves predatorias y los cazadores furtivos, pues es comprensible que las autoridades no deseen exponerse al ridículo de perseguir animales acerca de cuya existencia no existe ningún testimonio concreto. Los campesinos están sin duda perfectamente al tanto de la verdadera índole de estas operaciones, y contribuyen con la mejor buena voluntad a su ejecución siempre que responda a los fines aparentes ya mencionados, pues los psicólogos que acompañan a la gendarmería en sus expediciones han podido comprobar que toda mención casual de los cocodrilos, formulada por descuido o con fines indagatorios, es recibida con manifestaciones de asombro o hilaridad, que si bien no engañan a nadie comprometen el desarrollo de las operaciones al poner en crisis la imprescindible solidaridad que se requiere entre los campesinos y las fuerzas armadas.

En resumen, y aunque este aserto pueda parecer demasiado abstracto, Auvernia se encuentra eficazmente protegida contra los cocodrilos, cuyas depredaciones podrían ser desbaratadas en contado tiempo. Desde un punto de vista estrictamente teórico y logístico puede incluso afirmarse que no existen cocodrilos en Auvernia puesto que todo está preparado para su extinción. Desgraciadamente, mientras las circunstancias no permitan pasar a los hechos, Auvernia seguirá infestada de cocodrilos que constituyen un peligro permanente para la economía y el bienestar de esta hermosa región de Francia.

Mars 1924

SATARSA

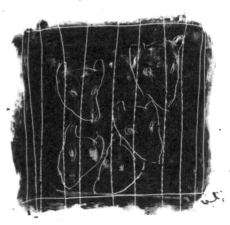

Adán y raza, azar y nada

Cosas así para encontrar el rumbo, como ahora lo de atar a la rata, otro palindroma pedestre y pegajoso, Lozano ha sido siempre un maniático de esos
juegos que no parece ver como tal puesto que todo se le da a la manera de
un espejo que miente y al mismo tiempo dice la verdad, le dice la verdad a
Lozano porque le muestra su oreja derecha, pero a la vez le miente porque
Laura y cualquiera que lo mire verá la oreja derecha como la oreja izquierda
de Lozano, aunque simultáneamente la definan como su oreja derecha; simplemente la ven a la izquierda, cosa que ningún espejo puede hacer, incapaz
de esa corrección mental, y por eso el espejo le dice a Lozano una verdad y
una mentira, y eso lo lleva desde hace mucho a pensar como delante de un
espejo; si atar a la rata no da más que eso las variantes merecen reflexión, y
entonces Lozano mira el suelo y deja que las palabras jueguen solas mientras
que él las espera como los cazadores de Calagasta esperan a las ratas gigantes
para cazarlas vivas.

Puede seguir así durante horas, aunque en este momento la cuestión concreta de las ratas no le deja demasiado tiempo para perderse en las posibles variantes. Que todo eso sea casi deliberadamente insano no le extraña, a veces se encoge de hombros como si quisiera sacarse de encima algo que no consigue explicar, con Laura se ha habituado a hablar de la cuestión de las ratas como si fuera la cosa más normal y en realidad lo es, por qué no va a ser normal cazar ratas gigantes en Calagasta, salir con el pardo Illa y con Yarará a cazar ratas. Esa misma tarde tendrán que acercarse de nuevo a las colinas del norte porque pronto habrá un nuevo embarque de ratas y hay que aprovecharlo al máximo, la gente de Calagasta lo sabe y anda a las batidas por el monte aunque sin acercarse a las colinas, y las ratas también lo saben, por supuesto, y cada vez es más difícil campearlas y sobre todo capturarlas vivas.

Por todas esas cosas a Lozano no le parece nada absurdo que la gente de Calagasta viva ahora casi exclusivamente de la captura de las ratas gigantes, y es en el momento en que prepara unos lazos de cuero muy delgado que le salta el palindroma de atar a la rata y se queda con un lazo quieto en la mano, mirando a Laura que cocina canturreando, y piensa que el palindroma miente y dice la verdad como todo espejo, claro que hay que atar a la rata porque es la única manera de mantenerla viva hasta enjaularla(s) y dárselas a Porsena que estiba las jaulas en el camión que cada jueves sale para la costa donde espera el barco. Pero también es una mentira porque nadie ha atado jamás una rata gigante como no sea metafóricamente, sujetándola del cuello con una horquilla y enlazándola hasta meterla en la jaula, siempre con las manos bien lejos de la boca sanguinolenta y de las garras como vidrios manoteando el aire. Nadie atará nunca a una rata, y menos desde la última luna en que Illa, Yarará y los otros han sentido que las ratas desplegaban nuevas estrategias, se volvían aún más peligrosas por invisibles y agazapadas en refugios que antes no empleaban, y que cazarlas se va a volver cada vez más difícil ahora que las ratas los conocen y hasta los desafían.

—Todavía tres o cuatro meses —le dice Lozano a Laura, que está poniendo los platos en la mesa bajo el alero del rancho—. Después podremos cruzar al otro lado, las cosas parecen más tranquilas.

—Puede ser —dice Laura—, en todo caso mejor no pensar, cuántas veces nos ha ocurrido equivocarnos.

—Sí. Pero no nos vamos a quedar siempre aquí cazando ratas.

—Es mejor que pasar al otro lado a destiempo y que las ratas seamos nosotros para ellos.

Lozano ríe, anuda otro lazo. Es cierto que no están tan mal, Porsena paga al contado las ratas y todo el mundo vive de eso, mientras sea posible cazarlas habrá comida en Calagasta, la compañía danesa que manda los barcos a la costa necesita cada vez más ratas para Copenhague, Porsena cree saber que las usan para experiencias de genética en los laboratorios. Por lo menos que sirvan para eso, dice a veces Laura.

Desde la cuna que Lozano ha fabricado con un cajón de cerveza viene la primera protesta de Laurita. El cronómetro, la llama Lozano, el lloriqueo en el segundo exacto en que Laura está terminando de preparar la comida y se ocupa del biberón. Casi no necesitan un reloj con Laurita, les da la hora mejor que el bip-bip de la radio, dice riéndose Laura que ahora la levanta en brazos y le muestra el biberón, Laurita sonriente y ojos verdes, el muñón golpeando en la palma de la mano izquierda como en un remedo de tambor, el diminuto antebrazo rosado que termina en una lisa semiesfera de piel; el doctor Fuentes (que no es doctor pero da igual en Calagasta) ha hecho un trabajo perfecto y no hay casi huella de cicatriz, como si Laurita no hubiera tenido nunca una mano ahí, la mano que le comieron las ratas cuando la gente de Calagasta empezó a cazarlas a cambio de la plata que pagaban los daneses y las ratas se replegaron hasta que un día fue el contraataque, la rabiosa invasión nocturna seguida de fugas vertiginosas, la guerra abierta, y mucha gente renunció a cazarlas para solamente defenderse con trampas y escopetas, y buena parte volvió a cultivar la mandioca o a trabajar en otros pueblos de la montaña. Pero otros siguieron cazándolas, Porsena pagaba al contado y el camión salía cada jueves hacia la costa, Lozano fue el primero en decirle que seguiría cazando ratas, se lo dijo ahí mismo en el rancho mientras Porsena miraba la rata que Lozano había matado a patadas mientras Laura corría con Laurita a lo del doctor Fuentes y ya no se podía hacer nada, solamente cortar lo que quedaba colgando y conseguir esa cicatriz perfecta para que Laurita inventara su tamborcito, su silencioso juego.

Al pardo Illa no le molesta que Lozano juegue tanto con las palabras, quién no es loco a su manera, piensa el pardo, pero le gusta menos que Lozano se deje llevar demasiado y por ahí quiera que las cosas se ajusten a sus juegos, que él y Yarará y Laura lo sigan por ese camino como en tantas otras cosas lo han seguido en esos años desde la fuga por las quebradas del norte después de las masacres. En esos años, piensa Illa, ya ni sabemos si fueron semanas o años, todo era verde y continuo, la selva con su tiempo propio, sin soles ni estrellas, y después las quebradas, un tiempo rojizo, tiempo de piedra y torrentes y hambre, sobre todo hambre, querer contar los días o las semanas era como tener todavía más hambre, entonces habían seguido los cuatro, primero los cinco pero Ríos se mató en un despeñadero y Laura estuvo a punto de morirse de frío en la montaña, ya que estaba de seis meses y se cansaba pronto, tuvieron que quedarse vaya a saber cuánto abrigándola con fuegos de pasto seco hasta que pudo caminar, a veces el pardo Illa vuelve a ver a Lozano llevando a Laura en brazos y Laura no queriendo, diciendo que ya está bien, que puede caminar, y seguir hacia el norte, hasta la noche en que los cuatro vieron las lucecitas de Calagasta y supieron que por el momento todo iría bien, que esa noche comerían en algún rancho aunque después los denunciaran y llegara el primer helicóptero a matarlos. Pero no los denunciaron, ahí ni siquiera conocían las posibles razones para denunciarlos, ahí todo el mundo se moría de hambre como ellos hasta que alguien descubrió a las ratas gigantes cerca de las colinas y Porsena tuvo la idea de mandar una muestra a la costa.

—Atar a la rata no es más que atar a la rata —dice Lozano—. No tiene ninguna fuerza porque no te enseña nada nuevo y porque además nadie puede atar a una rata. Te quedás como al principio, esa es la joda con los palindromas.

—Ajá —dice el pardo Illa.

—Pero si lo pensás en plural todo cambia. Atar a las ratas no es lo mismo que atar a la rata.

—No parece muy diferente.

—Porque ya no vale como palindroma —dice Lozano—. Nomás que ponerlo en plural y todo cambia, te nace una cosa nueva, ya no es el espejo o es un espejo diferente que te muestra algo que no conocías.

—¿Qué tiene de nuevo?

—Tiene que atar a las ratas te da Satarsa la rata.

—¿Satarsa?

—Es un nombre, pero todos los nombres aíslan y definen. Ahora sabés que hay una rata que se llama Satarsa. Todas tendrán nombres, seguro, pero ahora hay una que se llama Satarsa.

—¿Y qué ganás con saberlo?

—Tampoco sé, pero sigo. Anoche pensé en dar vuelta el asunto, desatar en vez de atar. Y en cuanto pensé en desatarlas vi la palabra al revés y daba sal, rata, sed. Cosas nuevas, fíjate, la sal y la sed.

—No tan nuevas —dice Yarará que escucha de lejos—, aparte de que siempre andan juntas.

—Ponele —dice Lozano—, pero muestran un camino, a lo mejor es la única manera de acabar con ellas.

—No las acabemos tan pronto —se ríe Illa—, de qué vamos a vivir si se acaban.

Laura trae el primer mate y espera, apoyándose un poco en el hombro de Lozano. El pardo Illa vuelve a pensar que Lozano juega demasiado con las palabras, que en una de ésas se va a bandear del todo, que todo se va a ir al diablo.

Lozano también lo piensa mientras prepara los lazos de cuero, y cuando se queda solo con Laura y Laurita les habla de eso, les habla a las dos como si Laurita pudiera comprender y a Laura le gusta que incluya a su hija, que estén los tres más juntos mientras Lozano les habla de Satarsa o de cómo salar el agua para acabar con las ratas.

—Para atarlas de veras —se ríe Lozano—. Fíjate si no es curioso, el primer palindroma que conocí en mi vida también hablaba de atar a alguien, no se sabe a quién, pero a lo mejor ya era Satarsa. Lo leí en un cuento donde había muchos palindromas pero solamente me acuerdo de ése.

—Me lo dijiste una vez en Mendoza, creo, se me ha borrado.

—Atale, demoníaco Caín, o me delata —dice cadenciosamente Lozano, casi salmodiando para Laurita que se ríe en la cuna y juega con su ponchito blanco.

Laura asiente, es cierto que ya están queriendo atar a alguien en ese palindroma, pero para atarlo tienen que pedírselo nada menos que a Caín. Tratándolo de demoníaco por si fuera poco.

—Bah —dice Lozano—, la convención de siempre, la buena conciencia arrastrándose en la historia desde el vamos, Abel el bueno y Caín el malo como en las viejas películas de cowboys.

—El muchacho y el villano —se acuerda Laura casi nostálgica.

—Claro que si el inventor de ese palindroma se hubiera llamado Baudelaire, lo de demoníaco no sería negativo, sino todo lo contrario. ¿Te acordás?

—Un poco —dice Laura—. Raza de Abel, duerme, bebe y come. Dios te sonríe complacido.

—Raza de Caín, repta y muere miserablemente en el fango.

—Sí, y en una parte dice algo como raza de Abel, tu carroña abonará el suelo humeante, y después dice raza de Caín, arrastra a tu familia desesperada a lo largo de los caminos, algo así.

—Hasta que las ratas devoren a tus hijos —dice Lozano casi sin voz.

Laura hunde la cara en las manos, hace ya tanto que ha aprendido a llorar en silencio, sabe que Lozano no va a tratar de consolarla, Laurita sí, que encuentra divertido el gesto y se ríe hasta que Laura baja las manos y le hace una mueca cómplice. Ya va siendo la hora del mate.

Yarará piensa que el pardo Illa tiene razón y que en una de esas la chifladura de Lozano va a acabar con esa tregua en la que por lo menos están a salvo, por lo menos viven con la gente de Calagasta y se quedan ahí porque no se puede hacer otra cosa, esperando que el tiempo aplaste un poco los recuerdos del otro lado y que también los del otro lado se vayan olvidando de que no pudieron atraparlos, de que en algún lugar perdido están vivos y por eso culpables, por eso la cabeza a precio, incluso la del pobre Ruiz despeñado de un barranco hace tanto tiempo.

—Es cuestión de no seguirle la corriente —piensa Illa en voz alta—. Yo no sé, para mí siempre es el jefe, tiene eso, comprendés, no sé qué pero lo tiene y a mí me basta.

—Lo jodió la educación —dice Yarará—. Se la pasa pensando o leyendo, eso es malo.

—Puede. Yo no sé si es eso, Laura también fue a la facultad y ya ves, no se le nota. No me parece que sea la educación, lo que lo pone loco es que estemos embretados en este aujero, y lo que pasó con Laurita, pobre gurisa.

—Vengarse —dice Yarará—. Lo que quiere es vengarse.

—Todos queremos vengarnos, unos de los milicos y otros de las ratas, es difícil guardar la cabeza fresca.

A Illa se le ocurre que la locura de Lozano no cambia nada, que las ratas siguen ahí y que es difícil cazarlas, que la gente de Calagasta no se anima a ir demasiado lejos porque se acuerdan de los cuentos, del esqueleto del viejo Millán o de la mano de Laurita. Pero también ellos están locos, y sobre todo Porsena con el camión y las jaulas, y los de la costa y los daneses están todavía más locos gastando plata en ratas para vaya a saber qué. Eso no puede durar mucho, hay chifladuras que se cortan de golpe y entonces será de nuevo el hambre, la mandioca cuando haya, los chicos muriéndose con las barrigas hinchadas. Por eso mejor estar locos, al fin y al cabo.

—Mejor estar locos —dice Illa, y Yarará lo mira sorprendido y después se ríe, asiente casi.

—Cuestión de no seguirle el tren cuando la empieza con Satarsa y la sal y esas cosas, total no cambia nada, él es siempre el mejor cazador.

—Ochenta y dos ratas —dice Illa—. Le batió el récord a Juan López, que andaba en las setenta y ocho.

—No me hagás pasar calor —dice Yarará—, yo con mis treinta y cinco apenas.

—Ya ves —dice Illa—, ya ves que él siempre es el jefe, por donde lo busques.

Nunca se sabe bien cómo llegan las noticias, de golpe hay alguien que sabe algo en el almacén del turco Adab, casi nunca indica la fuente, pero la gente vive tan aislada que las noticias llegan como una bocanada del viento del oeste, el único capaz de traer un poco de fresco y a veces de lluvia. Tan raro como las noticias, tan breve como el agua que acaso salvará los cultivos siempre amarillos, siempre enfermos. Una noticia ayuda a seguir tirando, aunque sea mala.

Laura se entera por la mujer de Adab, vuelve al rancho y la dice en voz baja como si Laurita pudiera comprender, le alcanza otro mate a Lozano que lo chupa despacio, mirando el suelo donde un bicho negro progresa despacio hacia el fogón. Alargando apenas la pierna aplasta al bicho y termina el mate, lo devuelve a Laura sin mirarla, de mano a mano como tantas veces, como tantas cosas.

—Habrá que irse —dice Lozano—. Si es cierto, estarán muy pronto aquí.

—¿Y adónde?

—No sé, y aquí nadie lo sabrá tampoco, viven como si fueran los primeros o los últimos hombres. A la costa en el camión, supongo, Porsena estará de acuerdo.

—Parece un chiste —dice Yarará, que arma un cigarrillo con lentos movimientos de alfarero—. Irnos con las jaulas de las ratas, date cuenta. ¿Y después?

—Después no es problema —dice Lozano—. Pero hace falta plata para ese después. La costa no es Calagasta, habrá que pagar para que nos abran camino al norte.

—Pagar —dice Yarará—. A eso habremos llegado, tener que cambiar ratas por libertad.

—Peor son ellos que cambian la libertad por ratas —dice Lozano.

Desde su rincón donde se obstina en remendar una bota irremediable, Illa se ríe como si tosiera. Otro juego de palabras, pero hay veces en que Lozano da en el blanco y entonces casi parece que tuviera razón con su manía de andar dando vuelta los guantes, de verlo todo desde la otra punta. La cábala del pobre, ha dicho alguna vez Lozano.

—La cuestión es la gurisa —dice Yarará—. No nos podemos meter en el monte con ella.

—Seguro —dice Lozano—, pero en la costa se puede encontrar algún pesquero que nos deje más arriba, es cuestión de suerte y plata.

Laura le tiende un mate y espera, pero ninguno dice nada.

—Yo pienso que ustedes dos deberían irse ahora —dice Laura sin mirar a nadie—. Lozano y yo veremos, no hay por qué demorarse más, váyanse ya por la montaña.

Yarará enciende un cigarrillo y se llena la cara de humo. No es bueno el tabaco de Calagasta, hace llorar los ojos y le da tos a todo el mundo.

—¿Alguna vez encontraste una mujer más loca? —le dice a Illa.

—No, che. Claro que a lo mejor quiere librarse de nosotros.

—Váyanse a la mierda —dice Laura dándoles la espalda, negándose a llorar.

—Se puede conseguir suficiente plata —dice Lozano—. Si cazamos bastantes ratas.

—Si cazamos.

—Se puede —insiste Lozano—. Es cosa de empezar hoy mismo, irnos a buscarlas. Porsena nos dará la plata y nos dejará viajar en el camión.

—De acuerdo —dice Yarará—, pero del dicho al hecho ya se sabe.

Laura espera, mira los labios de Lozano como si así pudiera no verle los ojos clavados en una distancia vacía.

—Habrá que ir hasta las cuevas —dice Lozano—. No decirle nada a nadie, llevar todas las jaulas en la carreta del tape Guzmán. Si decimos algo nos van a salir con lo del viejo Millán y no van a querer que vayamos, ya sabes que nos aprecian. Pero el viejo tampoco les dijo nada esa vez y fue por su cuenta.

—Mal ejemplo —dice Yarará.

—Porque iba solo, porque le fue mal, por lo que quieras. Nosotros somos tres y no somos viejos. Si las acorralamos en la cueva, porque yo creo que es una sola cueva y no muchas, las fumigamos hasta hacerlas salir. Laura nos va a cortar esa piel de vaca para envolvernos bien las piernas arriba de las botas. Y con la plata podemos seguir al norte.

—Por las dudas llevamos todos los cartuchos —le dice Illa a Laura—. Si tu marido tiene razón habrá ratas de sobra para llenar diez jaulas, y las otras que se pudran a tiro limpio, carajo.

—El viejo Millán también llevaba la escopeta —dice Yarará—. Pero claro, era viejo y estaba solo.

Saca el cuchillo y lo prueba en un dedo, va a descolgar la piel de vaca y empieza a cortarla en tiras regulares. Lo va a hacer mejor que Laura, las mujeres no saben manejar cuchillos.

El zaino tira siempre hacia la izquierda, aunque el tobiano aguanta y la carreta sigue abriendo una vaga huella, derecho al norte en los pastizales; Yarará tiende más las riendas, le grita al zaino que sacude la cabeza como protestando. Ya casi no hay luz cuando llegan al pie del farallón, pero de lejos han visto la entrada de la cueva dibujándose en la piedra blanca; dos o tres ratas los han olido y se esconden en la cueva mientras ellos bajan las jaulas de alambre y las disponen en semicírculo cerca de la entrada. El pardo Illa corta el pasto seco a machetazos, bajan estopa y kerosene de la carreta y Lozano va hasta la cueva, se da cuenta de que puede entrar agachando apenas la cabeza. Los otros le gritan que no sea loco, que se quede afuera; ya la linterna recorre las paredes buscando el túnel más profundo por el que no se puede pasar, el agujero negro y moviente de puntos rojos que el haz de luz agita y revuelve.

—¿Qué hacés ahí? —le llega la voz de Yarará—. ¡Salí, carajo!

—Satarsa —dice Lozano en voz baja, hablándole al agujero desde donde lo miran los ojos en torbellino—. Salí vos, Satarsa, salí rey de las ratas, vos y yo solos, vos y yo y Laurita, hijo de puta.

—¡Lozano!

—Ya voy, nene —dice despacio Lozano. Elige un par de ojos más adelantados, los mantiene bajo el haz de luz, saca el revólver y tira. Un remolino de chispas rojas y de golpe nada, capaz que ni siquiera le dio. Ahora solamente el humo, salir de la cueva y ayudar a Illa que amontona el pasto y la estopa, el viento los ayuda; Yarará acerca un fósforo y los tres esperan al lado de las jaulas; Illa ha dejado un pasaje bien marcado para que las ratas puedan escapar de la trampa sin quemarse, para enfrentarlas justo delante de las jaulas abiertas.

—¿Y a esto le tenían miedo los de Calagasta? —dice Yarará—. Capaz que el viejo Millán se murió de otra cosa y se lo comieron ya fiambre.

—No te fíes —dice Illa.

Una rata salta afuera y la horquilla de Lozano la atrapa por el cuello, el lazo la levanta en el aire y la tira en la jaula; a Yarará se le escapa la que sigue, pero ahora salen de a cuatro o cinco, se oyen los chillidos en la cueva y apenas tienen tiempo de atrapar a una cuando ya cinco o seis resbalan como víboras buscando evitar las jaulas y perderse en el pastizal. Un río de ratas sale como un vómito rojizo, allí donde se clavan las horquillas hay una presa, las jaulas se van llenando de una masa convulsa, las sienten contra las piernas, siguen saliendo montadas las unas sobre las otras, destrozándose a dentelladas para escapar al calor del último trecho, desbandándose en la oscuridad. Lozano como siempre es el más rápido, ya ha llenado una jaula y va por la mitad de la otra, Illa suelta un grito ahogado y levanta una pierna, hunde la bota en una masa moviente, la rata no quiere soltar y Yarará con su horquilla la atrapa y la enlaza, Illa putea y mira la piel de vaca como si la rata estuviera todavía mordiendo. Las más enormes salen al final, ya no parecen ratas y es difícil hundirles la horquilla en el pescuezo y levantarlas en el aire; el lazo de Yarará se rompe y una rata escapa arrastrando el pedazo de cuero, pero Lozano grita que no importa, que apenas falta una jaula, entre Illa y él la llenan y la cierran a golpes de horquilla, empujan los pasadores, con ganchos de alambre las alzan y las suben a la carreta y los caballos se espantan y Yarará tiene que sujetarlos por el bocado, hablarles mientras los otros trepan al pescante. Ya es noche cerrada y el fuego empieza a apagarse.

Los caballos huelen las ratas y al principio hay que darles rienda, se largan al galope como queriendo hacer pedazos la carreta, Yarará tiene que sofrenarlos y hasta Illa ayuda, cuatro manos en las riendas hasta que el galope se rompe y vuelven a un trote intermitente, la carreta se desvía y las ruedas se enredan en piedras y malezas, atrás las ratas chillan y se destrozan, de las jaulas viene ya el olor a sebo, a mierda líquida, los caballos lo huelen y relinchan defendiéndose del bocado, queriendo zafarse y escapar. Lozano junta las manos con las de los otros en las riendas y ajustan poco a poco la marcha, coronan el monte pelado y ven asomar el valle, Calagasta con tres o cuatro luces apenas, la noche sin estrellas, a la izquierda la lucecita del rancho en medio del campo como hueco, alzándose y bajando con las sacudidas de la carreta, apenas quinientos metros, perdiéndose de golpe cuando la carreta entra en la maleza donde el sendero es puro latigazo de espinas contra las caras, la huella apenas visible que los caballos encuentran mejor que las seis manos aflojando poco a poco las riendas, las ratas aullando y revolcándose a cada sacudida, los caballos resignados, pero tirando como si quisieran llegar ya, estar ya ahí donde los van a soltar de ese olor y esos chillidos para dejarlos irse al monte y encontrarse con su noche, dejar atrás eso que los sigue y los acosa y los enloquece.

—Te vas volando a buscar a Porsena —le dice Lozano a Yarará—, que venga en seguida a contarlas y a darnos la plata, hay que arreglar para salir de madrugada con el camión.

El primer tiro parece casi en broma, débil y aislado, Yarará no ha tenido tiempo de contestarle a Lozano cuando la ráfaga llega con un ruido de caña seca rompiéndose en mil pedazos contra el suelo, una crepitación apenas más fuerte que los chillidos de las jaulas, un golpe de costado y la carreta desviándose a la maleza, el zaino a la izquierda queriendo arrancarse a los tirones y doblando las

manos. Lozano y Yarará saltando al mismo tiempo. Illa del otro lado, aplastándose en la maleza mientras la carreta sigue con las ratas aullando y se para a los
tres metros, el zaino pateando en el suelo, todavía sostenido a medias por el eje
de la carreta, el tobiano relinchando y debatiéndose sin poder moverse.

—Cortate por ahí —le dice Lozano a Yarará.

—Pa qué mierda —dice Yarará—. Llegaron antes, ya no vale la pena.

Illa se les reúne, alza el revólver y mira la maleza como buscando un claro.
No se ve la luz del rancho, pero saben que está ahí, justo detrás de la maleza,
a cien metros. Oyen las voces, una que manda a gritos, el silencio y la nueva
ráfaga, los chicotazos en la maleza, otra buscándolos más abajo a puro azar, les
sobran balas a los hijos de puta, van a tirar hasta cansarse. Protegidos por la
carreta y las jaulas, por el caballo muerto y el otro que se debate como una pared moviente, relinchando hasta que Yarará le apunta a la cabeza y lo liquida,
pobre tobiano tan guapo, tan amigo, la masa resbalando a lo largo del timón
y apoyándose en las ancas del zaino, que todavía se sacude de tanto en tanto,
las ratas delatándolos con chillidos que rompen la noche, ya nadie las hará
callar, hay que abrirse hacia la izquierda, nadar brazada a brazada en la maleza
espinosa, echando hacia delante las escopetas y apoyándose para ganar medio
metro, alejarse de la carreta donde ahora se concentra el fuego, donde las ratas
aúllan y claman como si entendieran, como vengándose, no se puede atar a
las ratas, piensa Illa, tenías razón mi jefe, me cago en tus jueguitos, pero tenías
razón, puta que te parió con tu Satarsa, cuánta razón tenías, conchetumadre.

Aprovechar que la maleza se adelgaza, que hay diez metros en que es casi
pasto, un hueco que se puede franquear revolcándose de lado, las viejas técni-
cas, rodar y rodar hasta meterse en otro pastizal tupido, levantar bruscamente

la cabeza para abarcarlo todo en un segundo y esconderse de nuevo, la lucecita del rancho y las siluetas moviéndose, el reflejo instantáneo de un fusil, la voz del que da órdenes a gritos, la balacera contra la carreta que grita y aúlla en la maleza. Lozano no mira de lado ni hacia atrás, ahí hay solamente silencio, hay Illa y Yarará muertos o acaso como él resbalando todavía entre las matas y buscando un refugio, abriendo picada con el ariete del cuerpo, quemándose la cara contra las espinas, ciegos y ensangrentados topos alejándose de las ratas, porque ahora sí son las ratas, Lozano las está viendo antes de sumirse de nuevo en la maleza, de la carreta llegan los chillidos cada vez más rabiosos pero las otras ratas no están ahí, las otras ratas le cierran el camino entre la maleza y el rancho, y aunque la luz sigue encendida en el rancho, Lozano sabe ya que Laura y Laurita no están ahí, o están ahí pero ya no son Laura y Laurita ahora que las ratas han llegado al rancho y han tenido todo el tiempo que necesitaban para hacer lo que habrán hecho, para esperarlo como lo están esperando entre el rancho y la carreta, tirando una ráfaga tras otra, mandando y obedeciendo y tirando ahora que ya no tiene sentido llegar al rancho, y sin embargo otro metro, otro revolcón que le llena las manos de espinas hirvientes, la cabeza asomándose para mirar, para ver a Satarsa, saber que ése que grita instrucciones es Satarsa y todos los otros son Satarsa y enderezarse y tirar la inútil andanada de perdigones contra Satarsa, que bruscamente gira hacia él y se tapa la cara con las manos y cae hacia atrás, alcanzado por los perdigones que le han llegado a los ojos, le han reventado la boca, y Lozano tirando el otro cartucho contra el que vuelve la ametralladora hacia él y el blando estampido de la escopeta ahogado por la crepitación de la ráfaga, las malezas aplastándose bajo el peso de Lozano que cae de boca entre las espinas que se le hunden en la cara, en los ojos abiertos.

TORTUGAS Y CRONOPIOS

Ahora pasa que las tortugas son grandes admiradoras de la velocidad, como es natural.

Las esperanzas lo saben, y no se preocupan.

Los famas lo saben, y se burlan.

Los cronopios lo saben, y cada vez que encuentran una tortuga, sacan la caja de tizas de colores y sobre la redonda pizarra de la tortuga dibujan una golondrina.

PASEO ENTRE LAS JAULAS

A Sredni Vashtar, cada vez más necesario

Ricci, hay esa máquina que llaman causalidad, un invisible juego de engranajes de agua o aire que transmite sus fuerzas por la vía del tiempo o las acumula en labios, en silencios, en tanta cosa como un zarpazo a la espera. Digo juego, aunque agregue de engranajes: ya aquí se instala el poder de la palabra puesto que una causa no tiene en sí nada de casual ni de aleatorio; pero tal vez sepa usted que las imprentas de mi país reinciden minuciosamente en una errata que todo escritor conoce y teme, la confusión de causalidad y casualidad, de la ley y el juego libre de las cosas. Todo eso viene ahora junto, Ricci, en su deseo de acercarme al bestiario de Aloys Zötl. Por un lado hay la precisa concatenación de afinidades entre un hombre que dibujó su reino animal desde un rincón austríaco y un tiempo romántico, y otro que a partir de Buenos Aires o París lleva ya tantos años proponiendo verbalmente criaturas de incierta ecología. Pero a la vez la errata salta en plena lógica, la casualidad en plena causalidad, usted tendiendo un razonable puente entre Zötl y yo a la misma hora en que por otras vías mi bestiario personal alcanza un límite peligroso, ese muro tras del cual empiezan las toallas mojadas y las terapéuticas; digamos algo así como un muro de elefantes, Ricci, mejor contarle inmediatamente mi sueño de hace quince días, el paisaje que ya en sí mismo era elefante, un suelo de piel gris extendiéndose como una pampa de lava resquebrajada y crepuscular, sin árboles ni casas, vasto circo lunar bordeado por un muro de elefantes cerrándome el paso, también lava arrugada pero malignamente viva, flanco contra flanco, acechándome inmóviles, un Coliseo de elefantes pronto a cerrarse contra mí, solo y desnudo en un escenario sin tiempo. La cenicienta inmovilidad duraba insoportablemente, pero al menor movimiento de mi parte el muro echaría a andar. Adiviné un paño de muralla derrumbado, un hueco entre elefantes en la parte más lejana; había que moverse imperceptiblemente, confundirse con el arrugado tambor de piel, reptar en la lava hasta la grieta; la pesadilla se fijaba y se definía al mismo tiempo, el muro elefante, el suelo elefante y el cielo elefante, el inmenso intestino elefante que iba a triturarme blandamente apenas el muro descubriera mi lenta fuga hacia el hueco no elefante por donde quizá, por donde ya no porque en ese segundo en que todo se decide en un sueño, algo anterior a mis ojos descubría el terror de la vigilancia total de cualquier campo de muerte: aquí y allá, no vistos hasta ahora, se apelmazaban los montículos en pleno circo, entre el muro y yo, y cada mirador era también un elefante, centinela aislado esperando mi tentativa rampante para dar la señal al muro que se cerraría poco a poco. De nada valía moverse, el hueco había sido la penúltima burla en esos juegos cartagineses contra un argentino perdido en la ucronía; la última, Ricci, fue una vez más el privilegio del minoritario, del pobre hombre entre incontables elefantes hostiles: despertarse, disolviéndolos al saltar de este lado. Uno imagina sus trompas confusas, sus barridos de desconcierto, los reproches de los SS a los ZZ; yo creo que siempre habrá alguna manera de escapar a los elefantes.

Le cuento este sueño como una manera de resumir cosas más vastas, una suerte de confluencia hacia Zötl de la que usted ha sido el intercesor; cuando entró por primera vez en mi casa de París para mostrarme las imágenes del bestiario, ninguno de los dos sabía que ese contacto era a la vez casual y causal, que los engranajes de aire y agua obedecían a esos impulsos que un nivel de la inteligencia separa taxativamente en territorio de ley y territorio de azar, pero que otro nivel intuye como una sola fluencia. Usted llegó por vías lógicas —una edición de Zötl, un avión de Alitalia—, sin sospechar que yo volvía de anguilas, de caballos blancos, que me encaminaba hacia erizos y pingüinos, que acababa de escribir textos donde circulaban vagas criaturas del día y de la noche, que todavía iba a conocer otra forma del miedo por culpa del perro de Jean Thiercelin, que mi tiempo de este verano derivaba hacia Zötl, hacia cualquier imaginario de una fauna entre real y dibujada, entre viviente y escrita. Pero además, Ricci, pasa una cosa que espero no le preocupe demasiado, y es que no voy a decir nada del bestiario de Aloys Zötl; está aquí, desplegado sobre mesas y paredes, y a mi manera esto será Zötl como Zötl será esto, sus animales y los míos no necesitan comentarios, les basta ser, las ranas erectas de Zötl difundiendo un vago espanto en quienes saben del oficio de mirar, mis animales de palabras y humo pasando a sus horas por el hueco de las distracciones propicias. André Breton declaró con su manía taxonómica que el bestiario de Aloys Zötl era el más suntuoso jamás visto, y después de eso qué se puede agregar, Ricci. Espero —tal vez no sea más que un *wishful thinking*— que usted no me buscó para calificar sino para echarme amistosamente en el estanque de las ranas, ponerme al alcance de esas manos misteriosamente horrendas de los grandes monos que Zötl debió asociar con larvas arquetípicas, con pavores de caverna. Pero cuando llegaron las láminas yo andaba ya al borde de esas marismas de furtivos murmullos, de burbujas de ciénaga, un perro en plena noche me devolvía al temblor original; conocer los felinos, las ranas, los sueños petrificados de ese bestiario fue una operación simplísima, casi obvia: todo circulaba por dentro y por fuera a la vez, vaya a saber qué bocanadas de profundidad subían al pincel o a la gubia de Zötl, cómo ahora una causa aparentemente tan precisa llega casualmente para proyectar a la superficie de estas páginas tanta imagen sumergida, tanta larva esperando.

En el principio fue un gallo, antes no había memoria; ya lo he contado e incluso escrito, pero creo haber destruido las páginas y no sé quién pudo escuchar la historia que ahora regresa desde la remota infancia. Una experiencia traumatizante inaugura en mí el acopio de recuerdos, la memoria empieza desde el terror. Debió ser a los tres años, me hacían dormir solo en una habitación con un ventanal desmesurado a los pies de la cama; mi madre me ha ayudado a reconstruir el escenario, era en Barcelona durante la Primera Guerra Mundial. De la nada, de una lactancia entre gatos y juguetes que sólo los demás podrían rememorar, emerge un despertar al alba, veo la ventana gris como una presencia desoladora, un tema de llanto; sólo es claro el sentimiento de abandono, de algo que hoy puedo llamar mortalidad y que en ese instante era sentir por primera vez el ser como despojamiento desolado, rectángulo grisáceo de la nada para unos ojos que se abrían al vacío, que resbalaban infinitamente en una visión sin asidero, un niño de espaldas frente al cielo desnudo. *Y entonces cantó un gallo*, si hay recuerdo es por eso, pero no había noción de gallo, no había nomenclatura tranquilizante, cómo saber que eso era un gallo, ese horrendo trizarse del silencio en mil pedazos, ese desgarramiento del espacio que precipitaba sobre mí sus vidrios rechinantes, su primer y más terrible Roc. Mi madre recuerda que grité, que se levantaron y vinieron, que llevó horas hacerme dormir, que mi tentativa de

comprender dio solamente eso, el canto de un gallo bajo la ventana, algo simple y casi ridículo que me fue explicado con palabras que suavemente iban
destruyendo la inmensa máquina del espanto: un gallo, su canto previo al
sol, cocoricó, duérmase mi niño, duérmase mi bien. Treinta y tantos años
después, creo que en *Rayuela*, hice una alusión a esa entrada en el mundo,
hablé de los gallos de pesadilla, y no faltó el bien pensante que se sorprendiera
de la calificación; a Zötl también deben haberle preguntado cosas por el estilo
sus amigos.

Lo que sigue tiene un nombre guaraní y anda por las páginas de un
cuento mío que abriga otros miedos de infancia. Se llama mamboretá, hermosa palabra larga como su cuerpo verde y aguzado, puñal de imprevisto
arribo en plena sopa o mejilla cuando en los jardines suburbanos se tiende
la mesa de verano. Un europeo juega con la pequeña mantis religiosa, la pasea por su mano y lo divierte su cabecita de tiburón martillo capaz de girar
antropomórficamente para seguir sus movimientos, pero allá en mi tierra el
niño siempre culpable de torturas sigilosas, de capturas y suplicios en el gran
interregno de la siesta de los adultos, ve en el gigantesco mamboretá el vengador de su reino de élitros y antenas y zumbadores carapachos, monstruosa
y agresiva irrumpe la mantis en pleno olvido del pecado, erizada de espinas,
mirándolo implacable, siguiéndolo en un recuento de torpezas, y siempre
hay una tía que huye despavorida y un padre que autoritariamente proclama
la inofensiva naturaleza del mamboretá, mientras acaso piensa sin decirlo
que la hembra se come al macho en plena cópula. Ajeno a esos secretos de
alcoba, un instinto de infancia me llevaba a rechazar la trivial contraparte
exorcizante, el que la gente llamara *tata dios* a la arpía indescriptible, que
mis compañeros de juego le preguntaran aplicadamente: *¿Dónde está Dios?*,
hasta que la mantis alzaba las patas delanteras como señalando el cielo; por

debajo seguía el horror, el momento en que el mamboretá se enfurecía y desplegaba las alas de colores brillantes, tenso en la extremidad de una rama, mirándome, siempre mirándome, denunciándome.

Zötl tiene razón, no hay necesidad de inventar animales fabulosos si se es capaz de quebrar las cáscaras de la costumbre («era solamente un gallo, mi amor») y ponerse del lado de la primera vez, de la única vez en que se ve y se conoce realmente algo; Hugo, por ejemplo, el perro de Jean Thiercelin. Es significativo que todos los perros de Jean entren de alguna manera en mi escritura, corran como locos por líneas de palabras. Del primero, que se llamó Rilke, he hablado en un texto que pretendía un acercamiento a la pintura de Thiercelin; de Hugo tengo que decir que es un perro lobo muy joven y muy absurdo, propenso a saltos que comprometen la estabilidad de abuelas y estanterías, bruscos arranques que lo precipitan inconteniblemente a ninguna parte; nada en él que pueda inquietar a alguien que, en vísperas de un viaje a Barcelona (hombre, ahora que lo escribo, no debe ser casual que otra vez esa ciudad...) se queda a dormir en la casa de campo de los Thiercelin; más inquietantes eran los Antepasados, el escorpión y el murciélago, pero vayamos por partes como dijo el descuartizador, primero la cena cerca de la chimenea con los gatos Achab y Mingo mirando despectivos la turbulenta conducta de Hugo; la larga charla, el sueño, Raquel Thiercelin que me propone ocupar un cuarto de los altos, la lámpara en la escalera y Hugo como siempre subiendo y bajando al mismo tiempo, tirándose contra las sombras que le inventaban enemigos agazapados, entrar en la gran habitación de paredes encaladas y casi inmediatamente el escorpión a los pies de la cama. De escorpiones hablaré luego, ahora el zapato de Raquel lo eliminaba con la eficacia indiferente que da vivir en una casa de campo (en la selva de Misiones vi a una mujer que aplastaba una víbora yarará a golpes de paraguas,

instrumento irrisorio frente a esa pavorosa delegada de la muerte), pero ya
algo empezaba a andar mal, las bromas eran tirantes y el sueño nos ponía
de mal humor, creo que fue Jean quien vio el murciélago, exactamente sobre lo que iba a ser mi cama un murciélago colgaba de una viga. Ah, no, ya
está bien, yo no duermo en este cuarto; volvimos a bajar con Hugo entre las
piernas, también él malhumorado y gruñendo, hasta que Jean me instaló
en el salón de la planta baja donde cuelgan los retratos de los Antepasados,
y volvió a subir con Raquel después de llevar a Hugo a alguna parte que me
pareció la terraza porque había luna y casi en seguida lo oí aullar, el antiguo
diálogo nocturno sin claves para los que no percibimos la respuesta de As-
tarté tan evidente para el perro que la sirve, para el búho que la duplica en
sus enormes ojos. Claro que primero tengo que aludir a los Antepasados,
a su manera un bestiario que el pincel de Thiercelin ha ido sacando de una
región atávica, grandes figuras desprovistas de pasiones comprensibles, frías
y quemantes a la vez, que miran al que las contempla y lo desnudan lentamente, lo exponen a sí mismo hasta el desasosiego. Cuatro o cinco Antepasados colgaban de las paredes del salón, antes de apagar la lámpara los sentí
demasiado cerca, maldije al escorpión y al murciélago, oí gruñir a Hugo, me
dormí. Desperté como en una región en la que los valores hubieran cambiado, ahora los gruñidos de Hugo se volvían insoportables, su cuerpo se frota-
ba y golpeaba contra la puerta de viejos batientes mal ajustados que crujían
a cada envión; entre sueños me dije que Hugo quería entrar, que algo en la
terraza lo inquietaba o lo rechazaba, pero abrirle la puerta era iniciar el gran
circo de Hugo, sus saltos y carreras, la imposibilidad de dormir; chisté, le hablé en voz baja, el gruñido cesó por un momento, y yo me dormía como per-
donado cuando me alcanzó el primer ladrido. Otro golpe en la puerta, frotes
de patas y hocico, jadeos; ahora Hugo ladraba amenazante, algo rondaba por

ahí, nos rondaba; encendí la luz y los Antepasados me envolvieron instantáneamente en un círculo de ojos dilatados. En el silencio que siguió, apagar
la luz fue como una inmóvil fuga; el golpe contra la puerta, los ladridos cada
vez más histéricos, la inanidad de un gesto que sólo conseguía ahondar los
sonidos, los ojos de los Antepasados esperando en la oscuridad. Silbé sin esperanza de que Hugo me reconociera, le hablé tranquilizándolo; un gruñido
bajo, un rascar de algo en el suelo, y saliendo de la nada un envión, un peso
sobre mis piernas, una sacudida de la cama, la instantánea horrible concre-
ción de algo que no fue del todo Hugo hasta que entre manotones alcancé
a encender la lámpara. Cuando Jean bajó, alerta a tanto insomnio, supe mi
error, Hugo había estado todo el tiempo del lado de adentro, ladrando y
golpeando contra una segunda puerta que daba a la escalera y que no se veía
desde la cama. Encendimos una linterna, exploramos el jardín; Hugo parecía desentenderse de lo que tanto lo había agitado, las cosas entraban en la
banalidad de cualquier mala noche; era casi triste que todo se explicara tan
bien. Solamente que nada se explica en la zona necesaria, nunca sabríamos
por qué Hugo había tenido miedo de este lado, mientras mi miedo nacía de
lo contrario, de imaginar a un perro que busca guarecerse de algo que avanza
hacia él; pero esa puerta no establecía una división precisa entre el fuera y
dentro, quizá Hugo en la oscuridad de la habitación había sentido los ojos
de los Antepasados, quizá su último recurso había estado en renunciar a
la imposible fuga, venir hacia mí y sumar su miedo al mío, un doble ovillo
torpemente confundido entre frazadas; lo único definido, después, fue su
indiferencia a lo exterior, su desprecio por la luna llena; cuando me fui por
la mañana él dormía en la terraza, gran cachorro olvidado del pavor que a mí
me siguió hasta Barcelona, conjunción acaso necesaria después de cincuenta
y tantos años. Pero además, favorecida por la distracción propicia del volan-

te, una referencia literaria asomó entre Banyuls y Collioure: en el capítulo segundo de *Arthur Gordon Pym*, el protagonista refugiado en las tinieblas de la sentina del *Grampus* para huir de los amotinados, tiene una pesadilla en la que desfila un bestiario amenazador, boas constrictoras que ciñen su cuerpo, un león del desierto que se abalanza contra él mirándolo como me miraban los Antepasados. Pym despierta bruscamente para encontrarse bajo el peso de un monstruo cuyos colmillos alcanza a entrever en la penumbra, y el horror de ese paso a una realidad todavía más espantosa sólo se interrumpe cuando el monstruo le lame gentilmente la cara como Hugo me había lamido las manos, y *Tigre*, el perro del héroe, se da a conocer por sus demostraciones de afecto. Imposible olvidar que algunas páginas más adelante se entra nuevamente en la pesadilla: *Tigre* se vuelve hidrófobo y trata de morder al indefenso Pym; ahora, así, era más fácil entender la naturaleza profunda de mi miedo de esa noche; Oscar Wilde seguía teniendo razón y algo en mí lo sabía, aunque Jean y Raquel Thiercelin, y por supuesto Hugo, no lleguen a enterarse nunca de que también por sus pagos la naturaleza se obstina en imitar al arte.

Voy y vengo, Ricci, pero algo parecido al muro de elefantes no me deja salir de una arena que por si fuera poco se ha ido llenando con las imágenes de Zötl, presentes en las paredes de este cuarto provenzal donde trabajo entre mosquitos de agosto y un coro de ranas que viene de la cisterna de monsieur Blanc, mi vecino de Saignon. A un italiano puede sorprenderle la noticia de que también las ranas ladren; no aquí por cierto, en la mesurada Europa, pero sí en lo que fue nuestra gobernación de Misiones, esa avanzada subtropical del territorio argentino en zonas que tocan el Brasil y el Paraguay. Con un amigo viví dos meses en plena selva, era el año 42 y la juventud, la fase Robinson, habíamos llegado de tarde al *bungalow* solitario donde nos quedaríamos con una escopeta como único recurso gastronómico, y la primera noche nos decepcionó descubrir que no estábamos solos, que debía haber muchos Viernes en los alrededores porque un coro de perros ladraba como si un inglés estuviera cazando zorros en plena selva y con chaqueta roja. No eran perros sino ranas, el número y el tamaño las metamorfoseaba en jauría rabiosa. Sólo al otro día la razón puso la fauna en orden («no es más que un gallo, mi amor»), pero aún quedaban prodigios, la noche en que nuestros caballos relincharon batiéndose contra el palenque, la sospecha de una serpiente o un jaguar cercanos, acercarse con una linterna eléctrica y ver temblar el suelo repentinamente negro y brillante, la tierra vuelta arroyo de alquitrán moviéndose lentamente: las hormigas al asalto del rancho, la *corrección* como le llaman los paisanos. Atados al palenque, los caballos se sabían condenados a la más horrible de las muertes, en el silencio aceitado de las falanges que resbalaban hacia ellos saltaban como crepitaciones los llamados de alerta de los pájaros y los roedores en fuga. Fue necesario cortar a cuchillo la soga de los caballos enloquecidos, que sólo encontramos dos días después; curiosamente la corrección desdeñó nuestro *bungalow*, se perdió en una picada de la selva que llevaba al norte, pero el sueño nos ganó antes de ver terminarse un desfile que hubiera avergonzado a cualquiera de nuestros gobiernos militaristas en día de fiesta patria. Un peón paraguayo dijo después que era una lástima porque la corrección (de ahí su nombre, supongo) pasa por un rancho como un detergente, limpiándolo de alimañas y de larvas; todo está en irse a tiempo con las provisiones más valiosas y de paso con los bebés; al otro día se encuentra una casa muy limpia como en los cuentos de hadas germánicos donde gnomos insensatos lavan la vajilla por la noche.

Recuerdo todavía que el negro río devorante me mostró en vivo el sentido de la asociación de esos millones de mandíbulas, de patas, de antenas, generando una máquina particularmente temible, una especie de superanimal que los paisanos acataban inconscientemente al hablar de la corrección, como en la región pampeana se hablaba de la langosta; al igual que el fascismo, Ricci, hay los animales que sólo saben atacar a partir de lo gregario, pirañas u hormigas misioneras; recuerdo también que me tranquilizó pensar que en definitiva estaban en minoría frente al resto de los animales, y si en un libro ya antiguo escribí que alguna vez las hormigas se comerán a Roma, hoy pienso que los automóviles y la contaminación acabarán primero con las dos, lo que no es precisamente un consuelo; pero seamos serios y ya que de animales fascistas se trata, me vuelvo a mis mocedades para acordarme de las invasiones de langostas hacia los años treinta, un verano en una estancia de la provincia de Buenos Aires y en pleno calor de enero el tam-tam de los paisanos golpeando bidones de kerosene para ahuyentar las mangas de langostas voladoras que al anochecer buscaban los mejores sembrados como hotel para posarse, comer y pasar la noche. En realidad la lucha había empezado semanas antes de la metamorfosis definitiva del acridio, y yo había participado entre divertido y asqueado en la batalla contra la langosta saltona, sus masas malolientes avanzando incontenibles hacia los cultivos; como buen porteño, apenas podía creer que hombres a caballo arrearan las langostas como si fueran ovejas entre una doble barrera de hojalata que defendía los campos sembrados, hasta hacerlas caer en enormes pozos previamente cavados al término de los callejones, y que esos pozos se llenaran hasta el borde con millones de langostas que los peones rociaban al final con gasolina y que al quemarse se vengaban con un humo nauseabundo, interminable. Me acuerdo de haber ayudado a arrear la saltona, que los caballos resbalaban en la masa viscosa mientras ya de noche se encendían los faroles de carburo y los paisanos armaban cigarrillos para olvidarse del olor aceitoso que subía desde las patas de los caballos y los pozos con su hirviente magma de patas y ojos.

Pero por más barreras de hojalata y estrategias gauchas para acabar con las mangas de saltonas, un número infinito escapaba a la destrucción o se preparaba en lugares solitarios a la metamorfosis final, alguna tarde se escuchaban las primeras alertas, el cielo se nublaba bíblicamente, un clima de locura se instalaba en los ranchos apacibles donde hasta los niños más pequeños corrían golpeando latas y baldes mientras los peones encendían hogueras; como una extraña lotería negativa, la manga de voladoras elegía con el último sol un campo sembrado y se dejaba caer con un ruido de trituración, de guerra total. Nada podía hacerse frente a eso, a alguien le tocaba perder; por la mañana la manga remontaba el vuelo dejando tras ella una especie de fotografía de Verdún; no he olvidado un árbol cerca del patio de la estancia, de pronto ennegrecido por un follaje moviente, el ruido de millones de mandíbulas comiéndose las hojas, el rumor como de lluvia de las deyecciones cayendo al suelo de tierra pisada; por la mañana un esqueleto de árbol, un pájaro saltando de rama en rama, desconcertado frente a su nido tan visible y vulnerable. Y yo pensaba forzosamente en Atila, porque todo eso era mucho antes de Hitler y de Hiroshima. (Recurrencia de un temor atávico, el de un totalitarismo zoológico lanzándose contra el hombre: *The Birds*, el relato de Daphne du Maurier, que subsidiariamente dio una película de Hitchcock, y que ilustra lo que nos ocurriría si las aves se afiliaran al fascismo).

Claro que hasta el fascismo tiene sus lados cómicos, por ejemplo la historia del pastel de papas de mi hermana y el viaje al rancho de los Lecubarri, unos vecinos de la estancia a los que mi tía les mandó el pastel de papas. Mi hermana lo llevaba en una gran fuente cuidadosamente sostenida con ambas manos, precaución indispensable porque íbamos en un sulky tirado por un caballo más bien mañero y siguiendo uno de esos caminos de la pampa que no son más que una teoría de baches. A mí me tocaba la tarea delicada de manejar las riendas del bicho que desde el comienzo había hecho lo imposible por meternos una rueda en la cuneta, mientras mi hermana, hierática, le presentaba el pastel de papas al sol declinante como en una escena de *Parsifal*; entonces zas, de frente la manga de langostas buscando un campito bien sembrado para aterrizar. Como *gag*, Ricci, fue la perfección del género; el caballo encabritándose a cada langosta que se colgaba de las narices o se le metía en un ojo, yo imposibilitado de prestarle ayuda a mi hermana que lloraba a gritos de miedo y de asco, con langostas en el pelo y la blusa, el sulky a los bandazos y al borde de las peores catástrofes en las cunetas de agua podrida, y sobre todo el ruido que no olvidaremos nunca, una especie de paf, de bof, de glup, de schlap, de plop, las langostas llegando a la horizontal se encajaban hasta la manija en el pastel de papas, las primeras las iba sacando mi hermana tirándoles de las patas en una especie de miniparto inconcebible, pero bof otra y apenas la sacaba schlap y plop, otras dos, y mi hermana llorando y el caballo enloquecido y yo con el pelo hirviendo de langostas y sin poder soltar las jodidas riendas, hasta que en algún momento se advirtieron los signos de amaine, el sulky se organizaba poco a poco en la huella, veíamos perderse a lo lejos las últimas cuadrillas. Debo confesar que el final fue digno de nosotros: paramos el sulky, nos calmamos y nos peinamos, y entonces mi hermana usó el dedo para ir tapando los buracos en el pastel que parecía un colador; casi inútil agregar que rechazamos terminantemente la invitación a compartirlo que nos hicieron los Lecubarri, y que hasta hoy los pobres no están enterados de nada; tres días después mandaron a una chinita con dos gallinas y el encargo de decirle a mi tía que nunca habían comido un pastel más rico.

(Ricci, usted no me creerá pero no importa, es difícil persuadir a alguien que uno se ha pasado la vida palpando vestigios, presencias, tibios signos de leyes que no son las de física. Acababa el párrafo anterior, todavía cubierto por las langostas del recuerdo, cuando el cartero me trajo, junto con dos kilos de cartas y paquetes, el *Times Literary Supplement* al que insensatamente estoy suscrito. Me imagino que a Coleridge no le quedó más remedio que ponerse a leer el diario cuando los fatídicos golpes a la puerta le dislocaron el *Kubla Khan*, y con toda modestia yo hice lo mismo, es decir que abrí el *TLS* (n.º 3674, del 28 de julio) y me topé con un poema de Richard Eberhart del que leí los primeros versos como una continuación coherente y casi forzosa de lo que estaba escribiendo, puesto que

> *He has two antennae,*
> *They search back and forth,*
> *Left and right, up and down.*
>
> *He has four feet,*
> *He is exploring what I write now.*

Y sigue así, y se llama «Gnat on my Paper», y qué maravilla, Ricci, que cosas así ocurran en su momento oscuramente necesario, como un empujón amistoso hacia el otro camino, la otra puerta, que un insecto que visitó el texto de un poeta inglés se pasee ahora por esta página donde se estaba hablando de ellos).

Ahora que tampoco hay que dejarle a la realidad mayoritaria que se dé continuamente el gusto en materia de animales; abundan tanto en ella que la cosa casi no tiene gracia, y por eso gentes como Zötl se le ponen un poco de perfil y arman una zoología de escape en la que cada bicho es y no es, resbala de su modelo a la vez que lo ilumina violentamente. De hecho nadie puede saber qué es un animal, en parte porque nadie puede saber lo que es cualquier cosa (Kant *dixit*) y además porque parece imposible considerar a un animal sin superponerse antropomórficamente a él, de donde se siguen las opiniones de mi tía sobre la maldad de los pumas y las de mi prima sobre la envidia de los gatos o la clarividencia agorera de las lechuzas. A los efectos del conocimiento de ese reino evasivo, la foto más minuciosa no enseña más que las láminas de Zötl o ciertos caprichos fantásticos en los que he desempeñado una modesta parte, desde los tiempos en que inventé las mancuspias partiendo de la magia de una palabra (procedimiento inverso al del hombre de las cavernas) hasta llegar hace muy poco a la inserción de un pingüino turquesa en pleno barrio latino de París. Este pingüino es un pingüino perfectamente normal, que ama jugar en una bañadera y come grandes cantidades de merluza, pero pertenece a una variedad cromática de la que sólo habrá noticias en mi bibliografía. No me parece escandalosa esa tendencia a enriquecer una fauna que prueba de por sí la frivolidad de la Creación en la medida en que parece organizada por un costurero versátil, la prueba es que hay siglos en que los animales se usan grandes y largos y después aparece un Christian Dior que reduce bruscamente la talla del tigre y de paso le quita los colmillos sobresalientes, mientras una Coco Chanel decide que basta de abrigos peludos y de golpe el mamut se ve derogado a elefante, sin hablar de lo que nos ocurrió a nosotros, infelices, que de la espléndida belleza del hombre de Neanderthal pasamos a la de Marlon Brando, etcétera. Tenemos perfecto derecho a meter a Balenciaga en los zoológicos impresos o de visitas dominicales, hay quienes no solamente lo hacen por placer como Zötl o David Garnett o yo, sino que están los hombres serios que producen definiciones como aquella de un diccionario español del que no quiero acordarme, y según la cual la mariposa *es una especie de gusano con alas, de costumbres estúpidas.* Y hablando de diccionarios, el de la Irreal Academia Española, que define al perro como *el único mamífero que levanta la pata para mear.* De tristezas parecidas nos salva un Zötl capaz de potenciar fabulosamente la alianza de lo imaginario con lo visible y tangible, insólita *haute couture* austríaca que acaba con tanto sastre académico. Más arriba, Ricci, cité a David Garnett porque gracias a él todo hombre tiene derecho, como el inolvidable personaje de *A Man in the Zoo,* a ocupar sin desmedro la jaula que aún faltaba en el espectáculo municipal de la fauna.

Sin demasiada inmodestia he ido aportando aquí y allá algunos retoques a la visión naturalista de las cosas, ayudado por una especie de suspensión permanente de la incredulidad, condición no siempre favorable en la ciudad del hombre pero que desde niño me abrió las páginas de un bestiario en el que todo era posible, desde aquella esponja llamada Máxima que imaginé a los diez años y que interpelada y acariciada por mí en todas las habitaciones de la casa familiar, provocaba escenas histéricas por parte de parientes sólidamente ahincados en la trilogía doméstica gallina-perro-gato. Máxima la esponja fue mi gran amiga en las horas de castigo, gripe o soledad; invisible para los demás, yo reconocía en cada juego de luz su cuerpo transparente en el que circulaba un agua irisada; después me asaltó la pubertad y soñé el sueño de Banto, mi primer encuentro con los animales de lo profundo, y eso, Ricci, ha vivido y vive en mí con mucha más fuerza que las vagas historias genealógicas de aquella época en que se morían mis tíos y se casaban mis primas, sin hablar de la revolución contra Irigoyen y la guerra paraguayo-boliviana. Puedo narrarlo como si lo hubiera soñado anoche, mientras que me sería imposible describir la cara de mi maestra de ese año, tal vez porque fue el primero de una serie de sueños, recurrentes o aislados, que me pusieron en contacto con algo que me atrevo a llamar *extremidad*. Sé que estas experiencias no son transmisibles, que sólo llega de ellas un simulacro, pero era un claro de selva, una noche como en los sueños, oscura y luminosa («La nuit sera blanche et noire», dice Nerval antes de morir), y en algún momento sin historia previa yo leía al Banto, que se llamaba Banto sin razón explicable y era una especie de enorme escarabajo negro arrastrándose lentamente. Hasta ese momento no había pesadilla, el tamaño del Banto no me inquietaba aunque hubiera preferido saberlo muerto y por eso, de una manera poco clara, con el filo del zapato o quizá un cortaplumas, lo decapité como a tanto insecto a la hora de la siesta en los veranos del jardín. Entonces el Banto gritó; aquí se entra en lo indecible porque el horror sólo puede ser contorneado, aludido por sus síntomas exteriores, el Banto gritaba y gritaba, lo que yo acababa de hacer me tiraba en el vórtice de la pesadilla, de la culpa irredimible, me hacía hombre en sueños, me anunciaba Auschwitz y Nagasaki y My Lai; creo que esa noche fui expulsado para siempre del *vert paradis des amours enfantines*, y que todo lo que habría de venir en esa dimensión del sueño estaba ya escrito en los alaridos de un escarabajo decapitado: la Ciudad, a la que descendieron los personajes de *62. Modelo para armar*, y el caballo blanco del verano pasado en Saignon, que también exorcicé por la vía de un relato, el caballo blanco que en plena noche entró en mi rancho provenzal para llenarlo de una ausencia que quizá no sea más que la verdadera cara de mis actos y mi vida.

No todo es así, el mismo verano me acercó largamente a las anguilas y a los erizos, supe muchas cosas de ellos, me ayudaron a comprender otros ritmos, otros ciclos que tendemos a simplificar, porque si es cierto que en el hombre habita incesante el *horror vacui*, no menos cierto es que desconfía de las analogías vertiginosas, de los indicios de entidades heterogéneas, y quizá solamente visionarios como el sultán Jai Singh, que erigió los observatorios de Jaipur y de Delhi, alcanzan a abrazar en una misma síntesis el ritmo estacional de las anguilas y el pulsado decurso de los astros. En cuanto a los erizos, me entristece su fracaso frente a la tecnología; deslumbrados por los faros de los autos en las carreteras, se quedan tontamente quietos, convencidos de la eficacia de sus pinchos: a esos animalitos les hace falta su doctor Schweitzer. No es el caso de los escorpiones, que a una naturaleza solapada y bajo piedra unen las ventajas de su fuerza totémica, como bien lo sabe el poeta Claude Tarnaud que tiene con ellos una relación entre junguiana y yoruba, y que además la contagia a sus amigos como puede y debe hacerse con este tipo de relaciones. Hace unos años, en Ginebra, me habló largamente de escorpiones y me dio a leer un admirable texto que se llama *L'aventure de la Marie-Jeanne*, donde escorpiones, murenas y serpientes componen un vertiginoso pectoral de iniciación y de pasaje. Días después pensé en telefonearle desde mi despacho en un segundo piso de las Naciones Unidas, donde el interés de los documentos que debía traducir al español rozaba el nivel del sueño; mientras componía el número de su oficina miraba distraídamente llegar y partir el tráfico de Charmilles, guillotinado cada tanto por el semáforo de la esquina. En el preciso segundo en que del otro extremo del hilo me alcanzaba la voz de Claude, un camión blanco se detuvo bajo el balcón; sobre el techo había un gigantesco escorpión pintado de rojo. Momentos así valen cualquier empleo, cualquier tedio, y hasta se diría que nacen de ellos como una explosión purificadora, un rescate para náufragos varados detrás de un escritorio o en un informe del Consejo de Seguridad.

¿Cómo miraría Zötl sus animales? Está por saberse si partía de modelos vivos, salvo en los casos más accesibles; el resto debió salir de láminas y en parte de descripciones. No es una cuestión que me interese salvo por analogía, puesto que en el último término lo que da a las imágenes de Zötl esa calidad que sólo puede reflejar la palabra inglesa *uncanny*, es la etapa final del proceso, ese instante en la ejecución de un texto o de una lámina en que el creador ejercita soberanamente su libertad. Siempre me ha parecido que ése es el rasgo distintivo de los bestiarios medievales; si la aceptación acrítica de autoridades y la mentalidad escolástica dirigen las operaciones, los resultados van más allá de la mera transmisión de errores o traducciones engañosas; pronto se presiente a los Zötl en acción, su especialísima manera de dar acceso a la fantasía y al misterio (cuando no a la sonrisa y a la fascinación por la inocencia y el exotismo) hasta ir creando voluntariamente una realidad paralela. Pienso en el admirable bestiario latino del siglo XII que se guarda en Cambridge y que T. H. White tradujo al inglés; casi en seguida se sorprende al artista en su taller, al poeta en su telaraña verbal, al juglar en su suerte más vertiginosa. Humildemente el anónimo autor o compilador obedece a Plinio o a Aristóteles (que debieron obedecer a...) y declara que los leones y los elefantes copulan dándose la espalda puesto que, además de muy pudoroso, el macho tiene los órganos genitales situados al revés; pero la imaginación toma el poder casi de inmediato, y es así que nos enteramos de que un león enfermo se come a un mono para curarse, y que frente a un gallo es presa de un terror que lo priva de sus fuerzas, aunque esto no suceda forzosamente en Barcelona. Si alguien le roba su cachorro a una tigresa y se ve perseguido por ésta, no tiene más que arrojarle una bola de cristal, cosa como se ve sumamente sencilla. «Engañada por su propio reflejo, la tigresa imagina que está viendo a su pequeño, y toma la bola entre sus zarpas. Cuando descubre finalmente el engaño, se lanza otra vez tras las huellas del raptor, que no tiene más que arrojarle una segunda bola de cristal, y como la tigresa ya ha olvidado la primera, se detendrá junto a la bola, la estrechará contra su seno y se acostará para amamantar al cachorro; así es como engañada por el exceso de su amor maternal, termina perdiendo a la vez su venganza y su hijo».

Si la tigresa persigue al hombre, el hombre persigue al bonacón (según White, el bisonte), que por desgracia no dispone de bolas de cristal para confundirlo, pero que en cambio produce un pedo tan horroroso que incendia los bosques en una extensión de tres acres, desalentando comprensiblemente a los cazadores.

De esa manera los Zötl de la palabra o de la pluma van por el tiempo haciendo lo que no siempre hacemos con tanta cosa que espera una especial iluminación para ascender a un nivel combinatorio más rico, para verdaderamente nacer y hacernos nacer. La naturaleza es monótona a pesar de su variedad: las abejas de Virgilio son las mismas que cada mañana tengo que salvar de la muerte por hambre, porque estas estúpidas se quedan pegadas al cristal de la ventana, impecablemente fotorientadas pero por completo ajenas al descubrimiento del vidrio por los árabes, razón por la cual hay que cubrirlas con un vaso, deslizar una tarjeta de cartón, retirarlas de la ventana y soltarlas al aire libre al cual regresan con una naturalidad en la que creo advertir una cierta ingratitud. La repetición puede exasperar a Zötl, al compilador medieval, a cualquiera de los muchos patafísicos que acechan sigilosos las sabrosas excepciones, lo que transgrede los órdenes estatuidos. En una novela mía hay un personaje a quien las mariposas le producían un tal furor que tuve que eliminarlo en un momento en que estos inocentes lepidópteros no tenían nada que ver con lo que estaba ocurriendo puesto que se trataba de una reunión en un sótano del barrio latino de París, pese a lo cual mi héroe, maldito sea, se empecinaba en despotricar contra ellos. Me revienta esa insistencia en la simetría, vociferaba, vos mirales las alas exactamente

iguales, punto negro a la izquierda y punto negro a la derecha, zona amari-
lla arriba izquierda, ídem arriba derecha, una especie de repugnante test de
Rorschach dándose de cabeza contra las flores y las macetas. ¿Me moriré sin
haber visto en algún prado de esos que describía Gonzalo de Berceo, todo de
flores esmaltado, una mariposa con un ala negra y la otra a cuadros violeta y
naranja, y si fuera posible con un ala más grande que la otra o con una forma
diferente, que la obligaría a volar compensatoriamente, eh, decime un poco?

Bien puede ser que por cosas así Zötl se haya aburrido de copiar textual-
mente algunos animales, que las manos de sus grandes simios sean tan inquietantemente largas y humanas, que casi nunca cada cosa esté en su lugar
y sea lo que debe ser para tranquilidad de la gente razonable. Pero también
es hermoso descubrir que el león no tiene el sexo al revés ni mucho menos,
como pude comprobarlo una mañana en que una visita al zoológico de Vin-
cennes me deparó dos espectáculos memorables por un franco. No había
nadie a mediodía en la galería de las fieras, entré con un vago resquemor
porque ni los barrotes parecen proteger de esas presencias silenciosas y ambulantes, el tigre que va y viene mirando estroboscópicamente la nada, la
pantera agazapada contra el tiempo enemigo, y en la jaula más grande, en
la penumbra del fondo, vi a dos leones haciendo el amor. Decidido a no tur-
bar una ceremonia que se cumplía en silencio y sin testigos, vi al león sobre
su hembra entregada, la admirable tensión de los cuerpos apenas estremeci-
dos en el orgasmo; cuando el macho resbaló de ella lentamente, la leona giró
la cabeza para mirarlo y él tendió apenas la zarpa en una rápida caricia por
su cuello; después, como cualquiera, la cansada indiferencia previa al sueño.
Un rato más tarde fui a ver la pareja de chimpancés que viven al aire libre y
juegan con hamacas y viejos neumáticos con los que inventan cosas mucho
más divertidas que Fiat o Renault. Un guardián acababa de tirarles la comi-

da y llegué cuando el macho, sentado en una piedra, daba una banana a la hembra y se comía otra; vi que le quedaba una tercera en la mano y preví lo que denunciaría cualquiera de las adherentes al Women's Lib. Error, Ricci, y maravilla: el chimpancé la partió de un mordisco y tendió la mitad a la hembra. Más tarde un amigo con espíritu científico me dijo que eso suponía una conciencia matemática, pero quizá no era más que amor, vaya a saber.

Me fascina la instantaneidad de esas asociaciones de ideas que viven su extraña vida fuera de toda duración. Mencioné un tigre, hablé de amor: de golpe es Gladis Adams, una amiga de Mendoza, en la Argentina, contándome treinta años atrás la historia de una mujer que tuvo lástima de un tigre enamorado. En la India son frecuentes las historias de doncellas que atraviesan sin peligro regiones en las que nadie se aventuraría sin un final de colmillos; yo había pensado en variantes folklóricas de la leyenda del unicornio hasta que Gladis me habló de la visita al zoo de Mendoza, el tigre que bruscamente había cesado de pasearse, en su sola tigredad, para seguir con una lenta mirada el paso de la muchacha. Incapaz de comprender, ella se quedó un momento admirando la fiera que pegada a los barrotes le clavaba los ojos para desasosegarla; otros se dieron cuenta, le hicieron bromas, trataron de distraer al tigre. Días después la muchacha volvió sola: el tigre salió de la sombra y se colgó de los barrotes mirándola. Entonces tuvo miedo y se alejó; desde lejos pudo ver al tigre siguiéndola con su fuego verde, llamándola. Tal vez si hubiera entrado en la jaula el tigre le hubiera lamido los pies; Gladis le sugirió que también podría habérsela comido. La muchacha no quiso hacer sufrir más al tigre, jamás volvió al zoo así como yo jamás volví al Jardin des Plantes de París donde conocí el acuario de los axolotl y tuve miedo y escribí un relato que no pudo exorcizarlo: hay encuentros que rozan potencias fuera de toda nomenclatura, que quizá no merecemos todavía.

Otros bichos de mi pequeño bestiario de palabras son más divertidos, por ejemplo el oso que nace de una bola de coaltar y el oso que viaja por las cañerías de nuestras casas y gruñe contento de noche, asomando una zarpa por la canilla del lavabo; mucho más metafísica, hay por ahí una mosca que vuela de espaldas, provocando la estupefacción de un testigo y el vertiginoso descubrimiento de otro capaz de comprender que en realidad la mosca vuela como todas las moscas y que lo que se ha dado vuelta es el universo. Esto no es tan imposible después de todo: el otro día leí que los cuervos son los únicos pájaros que pueden volar patas arriba cuando les da la gana, cosa que realmente me encantaría ver alguna vez. Y en vista de que me he puesto tan confidencial, que es mi mejor manera de celebrar a Zötl sin ofenderlo con comentarios inútiles, agregaré que en estos últimos tiempos he puesto en circulación un horminario que no es difícil encontrar en cualquier rincón del día y sobre todo de la política. A su cabeza está el hormigón, que manda sobre los hormínidos en general, divididos en incontables categorías de las que sólo he alcanzado a aislar unas pocas: hormigachos, hormigueos, hormigócratas, hormicrófonos, cuatro o cinco más. Desde luego el hormigón es ubicuo, a veces tiene el poder absoluto y a veces lo representa, cosa mucho más temible porque un hormigón es siempre peor obedeciendo que mandando. La lectura de cualquier diario nos llena la cara y las manos de hormigones, hormigomáximos y hormigomínimos (sin hablar de los hormigoscribas); su ideal es convertir la Tierra en un paralelepípedo de cristal, el formicario que encantó nuestra infancia ingenua, la pesadilla totalitaria. Los hombres que creen luchar contra otros hombres para defender la libertad, en realidad están luchando contra los hormínidos; basta seguir de cerca las noticias sobre el Vietnam, sobre el Brasil, sobre mi patria, la lista es larga y horrible. Un día acabaremos con ellos, Ricci, porque Zötl, quiero decir la imaginación, está de nuestro lado y ellos sólo tienen la fuerza. Por eso es bueno seguir multiplicando los polvorines mentales, el humor que busca y favorece las mutaciones más descabelladas; por eso es bueno que existan los bestiarios colmados de transgresiones, de patas donde debería haber alas y de ojos puestos en el lugar de los dientes. Pienso en los dibujos animados, uno de los últimos reductos de una fauna vista por el deseo simultáneo de la anexión paródica y de la fuga de lo estrictamente humano. Un libro reciente de dos sociólogos chilenos estudia la siniestra utilización que pueden hacer los hormínidos de personajes tan queridos como Donald Duck, pero algo de Donald escapará siempre a la ideología hormigocrática, se vengará de quienes lo ponen al servicio del formicario. Y además de los ya veteranos Mickey, Donald, Dippy y la vaca Clarabelle, sin hablar de Tom y Jerry, tenemos hoy los pequeños bestiarios cotidianos de las tiras cómicas, el ambiguo Pogo y las criaturas de Schultz, con el grande y delicioso Snoopy mirando tiernamente a su camarada el pájaro Woodstock. A diferencia de los pobres animales sabios del cine de otros tiempos (Rin-Tin-Tin, el caballo de Tom Mix, la mona de Tarzán y la lacrimógena perra Lassie) estos bichos de tinta no son esclavos ni aliados nuestros, y más bien tienden a jugarnos vicariamente las peores malas pasadas apenas pueden. Pero están fuera del formicario, viven de nuestro lado; apenas se habla con demasiada insistencia de colmenas o de hormigueros. Snoopy viene a la carrera para probarnos su amistad reconfortante.

Los esfuerzos cinematográficos para organizar un bestiario convincente no han sido demasiado felices, y llevan casi siempre a pensar en esas criaturas de Lovecraft que, so pretexto de divinidades primordiales o ctónicas, incurren en el aburrimiento más minucioso. Lo único que le salió bien a Lovecraft fue un color, ese que cayó del cielo y que entra con todo derecho en la antología definitiva del cuento fantástico; el resto se inclina al mamarracho, a pesar del snobismo de lectores para quienes el miedo parece seguir siendo cuestión de escenografía gótica. Quizá el único animal convincente de la pantalla sea King Kong, y éste sí vale la pena. Parece, Ricci, que hasta hoy nadie sabe con certeza la índole de los trucos fotográficos que permitieron obtener esa increíble inversión de valores que nos convierte en insectos frente a un antropoide. Cada vez que una coccinela se pasea por mi piel vuelvo a ver la escena en que King Kong sostiene delicadamente a la aullante Fay Wray en la palma de la mano, con una paciencia que no tendríamos en circunstancias similares con una mariposa histérica o un gusano contorsionante. Es verdad que el mono se ha enamorado de la chica, lo que está más allá de cualquier imaginación salvo de la suya, y que un mono enamorado no tiene por qué ser menos idiota que un hombre en circunstancias similares. ¿Recuerda usted el instante en que King Kong toma con dos dedos el vestido de Fay Wray y se lo arranca como quien desgaja un pétalo? Suelo inventar cuando algo me gusta mucho, pero dígame si no es cierto que King Kong se lleva a la boca el vestido y se lo come. Qué homenaje, qué suma de erotismo en un territorio de total incompatibilidad, de patética distancia. No podemos reprocharle a Fay Wray que sólo sea capaz de prodigarse en alaridos; en realidad nadie comprendió jamás a King Kong, negra estrella solitaria en un arte que no puede reemplazar a la palabra como legítima madre de nuestros monstruos.

Me acuerdo ahora —y esto tiene algo de excusa para con el cine— de una película «de miedo» sin pretensiones pero en la que alguien aprovechó eficazmente las posibilidades de la ilusión óptica y, más aún, de un viejo sueño del hombre, el de saber cómo nos ven los animales. Los eruditos podrán proporcionar la ficha técnica; por mi parte sé que era inglesa y que ocurría en una granja cuidadosamente *ad hoc* para que alguien asesinara a su mujer por razones también olvidadas. Como en el célebre relato de Poe, un gato es testigo del crimen y poco a poco lleva al asesino a su perdición; el hallazgo inquietante consiste en que las escenas reveladoras las vemos a través de los ojos del gato, visión a lo Greco de personajes que antes y después conocemos con nuestros propios ojos. El empleo de una lente deformante da a esas tomas una atmósfera alucinante que hace olvidar el ingenuo antropomorfismo que guía la conducta del felino vengador de su ama; así, cada vez que la imagen corriente del asesino se ve reemplazada por la de quien lo mira desde otro sistema óptico, el espectador se siente arrancado de sí mismo, y su identificación con el gato lo sitúa, si no es tonto, en un inquietante territorio. ¿Por qué la cámara no ha seguido explorando, desde planos menos pedestres, ese ingreso imaginario en otras versiones de lo fenoménico? Desde niño me fascinó la perspectiva animal del hombre y del paisaje, lo que ha de ver una golondrina en pleno vuelo, el espectáculo que enfrenta una abeja frente a una camelia, la visión que tendrá el caballo del que se le acerca para montarlo. Sabemos que el torero se vale de la zona ciega del toro para organizar su engaño en esa franja que lo esconde: en un libro mío puse como epígrafe dos versos admirables de Cocteau:

Sur la rétine de la mouche,
Dix mille fois le sucre.

Y todo el resto, los otros misterios: tacto, olfato, audición, sabores. En el fondo no sabemos nada de los animales, y Zötl tiene toda la razón del mundo cuando su mano corrige la versión canónica; a veces, en los dibujos infantiles, se presiente una cercanía que después, desde la razón ya puesta en su lugar por el sistema, no alcanzará a mantenerse y acabará siendo renegada en nombre de las manzanas bien dibujadas y las buenas notas de la maestra.

En fin, Ricci, esta especie de carta se está haciendo demasiado larga. Los niños que llevamos al zoológico entran corriendo y excitados, quieren ver al mismo tiempo al leopardo, la tortuga, el babuino, el pelícano y si están en Londres el panda gigante (que acaba de morirse, pobrecito Chi Chi tan hermoso a quien no alcancé a conocer aunque me quedé una hora contra la verja, él hacía su siesta en un rincón, pudorosa bola blanca y negra, nomás que un montoncito de tersura de la que asomaba delicadamente una zarpa), pero al cabo de un rato empiezan a cansarse, han comido golosinas, le han tirado maní al elefante, han celebrado los juegos de las focas, el sueño los invade poco a poco y hay que llevárselos a casa, indiferentes y hastiados. A usted le estará pasando un poco lo mismo porque mi zoológico, aunque privado de los fastos del de Aloys Zötl, tiene ya una razonable cantidad de jaulas. Con todo creo que no debo terminar este paseo sin asomarme medrosamente a una región poco definible, zona de antiguas y obstinadas hibridaciones de la psique humana y el reino animal; estoy hablando de la licantropía y sobre todo del vampirismo.

Aunque Fellini —cuyo apellido no cito por razones temáticas— haya vuelto a poner en la calle una obra condenada a ser un «clásico», y las ediciones de bolsillo del *Satiricón* hagan hoy de Petronio un best-seller que no hubiera dejado de divertir al árbitro de las elegancias, me pregunto si los lectores reparan suficientemente en que contiene la primera narración literaria acerca del hombre-lobo; la estruendosa vulgaridad de Trimalción y las aventuras eróticas de Encolpio y Gitón tienden a marginar un relato que Petronio expone sin énfasis y que acaso no sea más que una interpolación en un texto del que poco se sabe. Tiene que llegar el romanticismo para que el hombre-lobo conquiste su derecho de ciudad en toda Europa, desbordando de folklore para invadir la literatura y hasta el nombre de Pétrus

Borel, y asaltar en nuestro tiempo las pantallas cinematográficas con un diluvio más bien repugnante de caras peludas y furtivas carreras bajo la luna llena. Curiosamente, la más hermosa historia de licantropía es *Lokis*, del gran Prosper Mérimée, en la que la cruza teratológica ocurre entre un oso y una mujer; en mi tierra, donde el licántropo se llama *lobizón*, los relatos no pasan de mediocres; hay mejores cosas por el lado del *loup-garou* y del *werewolf*, y tal vez Italia sea un buen coto de caza para el hombre-lobo; pero en resumidas cuentas su hábitat más considerable se sitúa en Hollywood, lo que arroja serias dudas sobre la seriedad de su buen gusto y propósitos.

No deja de ser interesante que el lobo sirva de puente entre licántropos y vampiros, puesto que éstos poseen notoria autoridad sobre las hambrientas manadas de la Transilvania y anexos; el primer capítulo de *Drácula* lo ilustra memorablemente y, dicho sea de paso, Ricci, un poco antes de que usted me hablara de Zötl yo había pasado una semana de felicidad leyendo la versión original de la novela de Bram Stoker, que en mi infancia conocí en una versión española digna de que le clavaran la legendaria estaca pero en otra parte. Si el hombre-lobo no rondó demasiado mi cama de niño, en cambio los vampiros tomaron temprana posesión de ella; cuando mis amigos se divierten acusándome de vampiro porque el ajo me provoca náuseas y jaquecas (alergia, dice mi médico que es un hombre serio), yo pienso que al fin y al cabo las picaduras de los mosquitos y las dos finas marcas del vampiro no son tan diferentes en el cuello de un niño, y en una de esas vaya usted a saber. Por lo demás las mordeduras literarias fueron tempranas e indelebles; más aún que ciertas criaturas de Edgar Allan Poe, conocidas imprudentemente en un descuido de mi madre cuando yo tenía apenas nueve años, los vampiros me introdujeron en un horror del que jamás me libraré del todo. La imaginación se paga cara, es sabido, y el placer del sufrimiento mental es una de las hormonas más potentes de esta literatura que estamos explorando; me acuerdo todavía del tema de un breve cuento que destruí más tarde y que se llamaba «El hijo del vampiro», en el que me animaba a completar la situación clásica en la medida en que Duggu Van, uno de los amos nocturnos de los Cárpatos, empieza por beber sangre de una bella virgen y luego (o al mismo tiempo, cf. Krafft-Ebing) la viola hasta el primer canto del gallo, este último infaltable hasta en Transilvania. Cuando el señor del castillo descubre que su hija está encinta y por si fuera poco anémica, pues Duggu Van cena y fornica noche a noche, los mejores médicos acuden a turnarse a su cabecera, impidiendo sin saberlo que el vampiro pueda volver al comedor de sus amores; pero Duggu Van sabe que va a tener un hijo y cómo va a tenerlo. Ante el desconcierto de los físicos, la joven pierde cada vez más las fuerzas mientras se acerca el momento del parto; imposible sospechar que su propio hijo, digno heredero de Duggu Van, se la está comiendo por dentro. A medianoche resuena el grito de la parturienta; los médicos aterrados asisten a la mutación de su cuerpo por el de un hermoso adolescente pálido que abre los ojos y mira a Duggu Van, inmóvil esperándolo en la puerta de la estancia; padre e hijo parten juntos sin que nadie ose moverse.

Detrás de esa pasable invención había la idea de que los vampiros han sido a la vez señores y víctimas de la literatura puritana; un Bram Stoker no se anima a decir la verdad completa, y si bien crea a Drácula en toda su grandeza, finge ignorar una libido para quien la sangre sólo actúa como detonante. Después, en mis anales, vino *Vampyr*, de Carl Dreyer, que sigue siendo la mejor película del género. Y hace unos años me dejé ganar por la saga sangrienta de la condesa Erzsébet Báthory, que habría de circular sigilosa por las páginas de mi novela *62. Modelo para armar*. El vampirismo psíquico no es menos terrible que el otro, y probablemente alimenta una creencia demasiado enraizada en nuestra naturaleza como para librarnos de ella con los fáciles exorcismos de un Roman Polanski.

—Es hora de cerrar —dice el guardián.

Vámonos entonces, Ricci; detrás de esas rejas queda una silenciosa multitud de formas, de movimientos, de sigilosas conductas, no solamente en las jaulas sino en esas zonas intersticiales donde alientan las larvas de nuestra noche más honda. Un bestiario, un zoológico: espejos. Esos que no tenemos en nuestros cuartos de baño, pero en los que conviene ir a mirarse de cuando en cuando. Aquí, a la vuelta de la página, empezarán los fabulosos espejos de Aloys Zötl; yo me despido y entro otra vez en mi condición de hombre que sube a un tranvía para volver a su casa. Pero esa mujer a cuyo lado acabo de sentarme, ¿por qué tiene unas manos tan pequeñas y unas uñas tan largas?

ausencia quería

empleo cualquier

cara de mis actos y mi vida.

incesante el horror sacu

largamen

cosas de ell

hacerse con este upo

en Ginebra, me hab

a los erizos, supe muchas

comprender ot

nacen de en

no menos cierto

le rojo. Momento

osouigiüs un venroudp

l'aventure de la Mari

me, donde escorpiones,

y me dio a leer un admirab

omo una explosión purificadora,

No todo es así, el mismo verano me acercó

ral de iniciación y de pasaje. Días después

ritmos, otros ciclos que tendemos a simplificar,

porque si es cie

en el hombre habita

techo y hasta se diría que

alen cualquier

sobre el techo había un gigantesco escorpión

pinta

otxo es oup

murenas y serpientes

largamente de escorpiones

de relaciones. Hace unos años,

s así

ÍNDICE

Este libro se terminó
de imprimir en
Casarrubuelos, Madrid,
en el mes de
octubre de 2022